「……だって……東海林じゃないんだもんよ……」

ぼそりと零れた言葉は、東海林の心臓と下半身を直撃した。

二木は自ら身体の方向を変えて、東海林と向き合いキスをねだる。

長く、優しく、深い口づけを交わす。　　　　　　　　（本文より）

カバー絵・口絵・本文イラスト■円陣《えんじん》　闇丸《やみまる》

BBN
B•BOY NOVELS

きみがいるなら世界の果てでも

榎田尤利

この物語はフィクションであり、実在の人物・団体・事件等とは、いっさい関係ありません。

CONTENTS

きみがいるなら世界の果てでも

1

たとえばたまたま鍵が開いていたとして――興味本位でこの部屋に足を踏み入れた人は、あまりの惨状《さんじょう》に驚愕《きょうがく》し、警察を呼ぶだろう。

泥棒か。強盗か。はたまた強盗殺人か。

引っ掻《か》き回したかのように荒らされた部屋の真ん中で、被害者が倒れている。

痩《や》せた若い男だ。

冷房が効きすぎて部屋は寒い。男の周囲にはケント紙が散乱し、スクリーントーンの切りくずがあちこちにくっついている。俯《うつぶ》せているので顔は見えない。伸ばしっぱなしの髪はぼさぼさ、襟《えり》も裾《すそ》も伸びきったTシャツに、ショートパンツのウエストゴムが緩《ゆる》み、尻が半分見えかけているというだらしがない格好だ。左手はサインペンのマッキーを握っているが、ダイイングメッセージは見あたらない。代わりに近くに宅配ピザのメニューが落ちていた。もう片方の右手はソファのほうに差し出され、半分ずり落ちかけたタオルケットの端を摑《つか》んでいる。

カーテンが開いたままの窓の外から、夏の光が差し込んでいた。近くの梢《こずえ》で蝉《せみ》がジャンジャンと盛大に鳴き、短い夏のあいだに子孫を残そうと頑張っている。

腕組みをしてこの状況を見下ろし、東海林達彦《しょうじたつひこ》は考える。

被害者の男は、空腹のあまりピザを注文しようとした。男の好物であるテリヤキピザにマッキーで○印がついていることからもそれがわかる。だが、季節限定のカニマヨと迷ったらしい。カニマヨには三角印がついていた。

テリヤキとカニマヨのあいだで、男は揺れた。

そして結論を出すより早く、眠さの限界が訪れたのだろう。涼《すず》しすぎる室温の中、タオルケットが恋しくなった。なんとか仮眠用のソファに辿《たど》りつこうとし、その途中で力尽きたのだ。

「う、う、うう～」

被害者が唸《うな》った。

実のところ、べつに被害者ではないし、強盗にも入られていない。ただ単に、常軌を逸《いっ》して部屋が汚いだけなのである。埃《ほこり》で人は死なないと笑う人がいたら、ぜひこの部屋にご招待したいと東海林は思う。確かに埃で死ぬ人はいないが、あの堆《うずたか》く積まれたマンガ雑誌の塔が崩壊したら、打撲《だぼく》くらいの怪我《けが》は負うだろう。紙くずで埋め尽くされた床の中には、刃を出したままのトーンカッターが隠れている可能性が高い。テーブルの上で放置されているサンドイッチはかなり酸《す》っぱい匂いを漂《ただよ》わせており、夏風邪《なつかぜ》で鼻の利かない人が食べたら一発で腹を下すはずだ。キッチンの床にはなぜか潰《つぶ》されたマヨネーズ容器が落ちていた。溢《あふ》れ出た中身で足を滑らせ、冷蔵庫に頭を強打したら、最悪命に関わりかねない。

なんと危険な部屋だろうか。東海林はいっそのこと、自分が出張に出る際、この部屋の扉にバイオハザードマークを貼りつけたいほどである。

「ううう、やってます～、逃げてません、やってますからあ～」

そう唸り続ける男は、ちょっとした生物兵器だ。いつかペンタゴンからスカウトが来るかもしれない。

生物兵器をひょいとまたぎ、東海林はまず掃き出し窓を開けた。

ゴマフアザラシでも飼えそうなほどに冷え切った部屋の中に、夏の風と、いっそう音量を増した蝉の声が入ってくる。ぬるまった部屋の温度に生物兵器も安堵《あんど》したらしく「ほわぁ」という謎の声音《こわね》を上げて、眠りながらも強ばっていた大臀筋《だいでんきん》が脱力する。ぷるりとした尻につい目が行くが、とりあえず後回しだ。

東海林はスーツの上着を脱ぎ、タイを緩めて腕まくりをし、スーパーで買ってきた食材を冷蔵庫に移す。それから45リットルサイズのゴミ袋を出して、パンッと空気を含ませた。

戦闘開始の気分である。

手当たり次第ゴミを袋に突っ込んでいくと、あっというまに袋が三つ満杯になった。たった一週間留守にしただけでこの有様《ありさま》だ。驚異的な汚し方である。キッチンにも、仕事場にも、寝室にも散らばっている衣類を集めて脱衣籠《だついかご》に放り込む。やっと現れた床に掃除機をかけるには生物兵器を移動させなければならない。なんの夢を見ているのか、マッキーをヒクヒクと動かしている男のそばに東海林は屈《かが》み込んだ。

「二木《にき》」

名前を呼ぶと「んあふ」と鼻から息を漏《も》らした。

「おい、ソファに上がれ。……おい」

声をかけたが、目を覚ます様子はない。倒れ込んだ床に、白墨《チョーク》で身体に沿った輪郭《りんかく》を書きたくなるような姿勢のまま、眠り続けている。

まあ、仕方ないだろう。

座卓に置きっぱなしだったコンビニおにぎりの日付からして、原稿を上げたのは今朝早くだと思われる。今は午後の三時、二日は徹夜しているであろう二木は、おそらく夕方まで起きない。仕事柄、規則正しい生活を要求するのは無理というものだ。……いや、仕事柄というより生まれ持っての性質のような気もするが。

とりあえず、二木の倒れている場所だけを避けて掃除機をかけた。そのあと床を拭《ふ》き、キッチンのシンクを片づけ、風呂場も掃除し、夕食の下ごしらえを始める。店屋物ばかり続いていたであろう二木のために、野菜中心の献立《こんだて》にする。茄子《なす》の煮浸《にびた》しに、トマトとタマネギのサラダ、鳥そぼろと炒《い》り卵《たまご》とサヤエンドウの三色丼、わかめのみそ汁――東海林にとっては比較的簡単にできるメニューだ。父の生業《なりわい》である美術商の手伝いをしている東海林だが、いつでも家政婦に転向できると我ながら思っている。

マンガ家である二木と東海林のつきあいは、実に小学校低学年にまで遡《さかのぼ》る。

しょうじー、しゅくだいわすれた。

しょうじー、リコーダーわすれた。

しょうじー、ランドセルわすれた。

作り話ではない。二木は本当にランドセルを忘れて登校したことがあった。しかも一度ではなく、五回はあったはずだ。東海林にしてみれば、いっそ不思議なほどである。ランドセルなんてものは、忘れようとしたって忘れられないものではないだろうか。ちなみにそのときの二木の弁は「なんか、すごい背中がラクチンなカンジがした」だった。

他人と歩調を合わせるのが苦手で、なにをさせてもとろく、だらしなかった二木。

他人の歩調を読み取ることが得意で、なにをさせてもそつがなく、子供らしさに欠けるほどきちんとしていた東海林。

同級生なのに、兄と弟のようだった。母と子と言ったほうが的確かもしれない。扱いにくい子供だった二木に手を焼いた教師は東海林を頼り、二木も東海林の言うことは素直に聞いた。

東海林が二木の面倒を見るという関係は中学に上がっても続いたが、高校が変わったことで一度途切れた。しかし大学で再会、その後はアパートの隣同士に住むこととなり、互いに大学を出たのちも同じアパートに住み続け、さらに紆余曲折《うよきょくせつ》あって——現在では友情を越えた関係となり、同居している。隣同士だった部屋は真ん中の壁をぶち抜いて大改装した。

外観は古ぼけたアパートだが、東海林と二木の部屋だけは内装が新しい。ふたつの玄関は残してあり、東海林の表札がかかっている扉はキッチンに繋《つな》がっている。二木のほうは直接仕事場に入れるので、編集者が訪ねてくるときも便利だ。それでも広々というわけにはいかず、ダイニングキッチンと二木の仕事場のほかは、寝室と風呂場を確保してぎりぎりだった。東海林が仕事を持ち帰った場合は、ダイニングテーブルでラップトップPCを広げることとなる。

夕食の下準備が済み、東海林はタオルで手を拭きながら時計を見る。

もうすぐ六時だ。三時間で部屋は見違えるようになったが、まだ汚れたままの物体がひとつある。それをきれいにするのは楽な仕事ではないものの、もはや東海林の趣味となっている。

まずはバスタブに湯を張った。

キッチン設備は以前使っていたものの片方を残しただけだが、狭かったバスエリアはかなり手を入れた。予想以上の出費だったが、その甲斐《かい》あって使い勝手はかなり向上した。一坪《つぼ》バスに大人ふたりはきついが、どちらかがバスタブから出ていれば問題ない。

適量溜《た》まった湯の中に、ミントの入浴剤を入れる。湯がサアッと水色に染まり、さわやかな香りが広がった。

東海林はワイシャツを脱ぎ、肌着代わりのTシャツ一枚となる。靴下も脱ぐ。スラックスはどうせクリーニングに出すのではいたままにしておいた。

一度仕事場に戻り、今はタオルケットを抱き締めている二木を軽く揺さぶった。

「ほら、そろそろ起きろ」

「うぐにゃ」

「うぐにゃ、じゃない。おまえ何日風呂《ふろ》に入ってないんだ?」

髪の匂いを嗅《か》ぐと、かなり汗くさい。暑さの汗ではなく、原稿が間に合うかどうかの精神的な冷や汗なのだろう。二木は東海林の存在には気づいているようだが、まだ睡魔が立ち去ってくれないらしく、一度は半分まで開けた目をまた閉じてフニャフニャと妙な声を出した。

「脱がすぞ」

東海林は短く言うと、手早く二木の服を脱がし始めた。慣れた仕事である。

下着まですべてを取り去ってしまい、上半身を抱き起こすと腕を自分のほうにかけさせてから、よいせと立ち上がる。全裸のやせっぽちをしっかり支え「風呂場まで歩けよ」と命じる。半分寝てはいるが、二木は「ウン」と答えてなんとか足を動かした。

バスルームまで移動し、二木をミントの湯に漬《つ》ける。

「んふあ」

気持ちいいのだろう、鼻から吐息が漏れた。

東海林は自分もスラックスの裾を捲《めく》り、バスタブのふちに腰掛け、脛《すね》まで湯に浸ける。脱力している二木を見守りながら、煙草《たばこ》を咥《くわ》えて一服した。紫煙は換気扇に吸い込まれ、風呂場に充満することはない。最近は節煙を心がけてはいるものの、禁煙には至っていない。

煙草の匂いに反応したのだろうか。二木がやっと目を開ける。

「しょうじ、だ」

舌足らずに言い、それから「あれ、ここ風呂だ……」と呟《つぶや》く。やっと頭が覚醒《かくせい》したらしい。

「汗くさかったぞ」

「うん。三日風呂入ってない。……四日、かな？　東海林、いつ帰ってきたの？　今何時なの？　なんかすげえ腹減った……っていうか、喉カラカラ」

質問と要求を次々に羅列する二木に苦笑して、その頬《ほお》をむにっと抓《つね》る。

もちろんたいして力は入れていないのだが、二木は甘えるように「いたい」と言った。煙草を咥えたまま、一度風呂場を出て冷蔵庫からペットボトルの水を取り出す。少し考えて、リンゴジュースに変えた。どれくらい食べていないのかわからないが、いくらか糖分を補給したほうがいいだろう。

煙草を消してから風呂場に戻る。

二木は東海林の持っているジュースを見ると、子供のように顔を輝かせた。

「すげえ。リンゴジュースがいいなって思ってたんだ。なんでわかんの？」

「おまえのデコにリンゴマークが出てたからだ」

「まじ？」

ぺたりと自分の額を触る二木が、バカで可愛《かわい》い。

東海林はパックにストローを刺してジュースを渡してやる。チュウチュウと一気飲みする二木を見ていると、雛《ひな》の世話をする親鳥のような気分になってくる。

「ぷは。ンまかった」

二木の差し出すカラ容器を左手で受け取り、右手はでかい雛の顎《あご》を撫《な》でた。体毛も髭《ひげ》も薄い二木だが、さすがに数日剃《そ》っていないと、少しチクチクした感触がある。剃るか、と聞くと「ン」と頷《うなず》くので、シェービングフォームと剃刀《かみそり》を用意する。

「湯あたりするといけないから、ここに座れ」

「うん……ひゃはは、このお湯、出たあとスースーする」

二木が小学生のときと同じ顔で笑った。ミントの入浴剤は湯上がりにひんやりとするので夏に最適だが、間違えて冬場使うとかなり寒い。去年末、東海林の留守にミント湯に入った二木は、案《あん》の定《じょう》風邪を引いた。

いささか目の毒なので、バスタブの縁に腰掛けた二木の股間にタオルをかけた。一週間触れていなかった身体は、さっきから東海林の欲望をじわじわと刺激しているが、今はグルーミングが優先である。

「へへ。東海林、床屋さんみたい」

ぐっと顔を仰向《あおむ》けた二木が、後ろに立っている東海林を見た。

「床屋はT字剃刀なんか使わないだろ。……動くなよ」

「ン」

二木が目を閉じる。東海林は泡だらけにした顎を軽く固定し、慎重《しんちょう》に剃刀を滑らせていった。頰のカーブも、顎の凹凸《おうとつ》ももう完璧《かんぺき》に覚えている。今は剃刀が滑っているが、手でも唇でもさんざん辿ったラインだ。二木が不用意に動かない限り、傷をつけることはない。

「……ふあ……きもち、い……」

顎から首へと剃っているところで、二木がうっとりと零《こぼ》した。

「なんでだろ……おまえに触られるのって……ぜんぶ気持ちいい……」

「そうか」

素っ気なく答えたが、嬉しい言葉だった。

元来二木は、人に触れられるのを好まない。二木の母親は決して悪人ではなかったが、女手ひとつで子供を育てるのは苦労が多すぎて、手を挙げることも多かった。もしかしたら、そんな育ち方が影響しているのかもしれないが——東海林だけは別だ。子供の頃から今に至るまで、どれだけ触られようと平気だし、自分からもベタベタ触る。

きれいに剃り終え、濡《ぬ》らしたタオルで顔を拭いてやった。ちょっとした悪戯《いたずら》心が起きて、小さな乳首を指先で引っ掻く。

まだ目を閉じたままだった二木が「あっ」と声を立てた。

明らかに色めいた声に、自分で驚いたかのように目を開ける。たちまち顔が真っ赤になり、肩を竦《すく》めるようにして俯《うつむ》いた。精神年齢が低いからか基本的に羞恥心《しゅうちしん》の弱い二木なのだが、こんなときだけは妙に恥ずかしがるのだ。その様子が、東海林を煽《あお》るのだとも知らずに。

顎を掬《すく》うようにして上向かせ、背後に立ったまま口づける。

互いの顔の向きが逆になるので、深いキスにはならない。それに焦《じ》れたのか、二木が湯の跳ねる音を立てながら身体を捻《ひね》り、東海林の頭をかき抱くようにした。

もう一度、今度は深く唇を合わせる。

濡れた背中を撫でながら、舌を二木の口の中へと滑り込ませた。東海林よりも薄く、猫を思わせる舌を搦《から》め捕《と》ると、バスタブの中で膝《ひざ》をついた二木がぴくりと震える。強く吸い上げると喉の奥から、やっぱり猫のような声を漏らし、なにやら下半身をもじもじさせる。

「し、東海林……」

「もうそんなにしてるのか」

タオルはミントの香るお湯の中に落ちてしまった。薄い陰毛がゆらゆらと揺れ、二木のそれがすっかり上を向いているのがわかる。だって、と二木が耳を赤くして言い訳をした。

「い、一週間くらい、なんもしてないじゃん」

「俺は出張で、おまえが締切だったからな。……どうして欲しい？」

「どうって……」

問われて、二木が困っている。もちろん東海林は困らせたくて聞いているのだ。二木はしばらく東海林を恨《うら》めしそうに睨《にら》んでいたが、やがて自分の欲望に逆らえず「し、して」と東海林にしがみついてきた。

「も……カタくて、痛いくらいなんだって……してくれよ……」

二木を立たせ、背中から抱く。屹立《きつりつ》に指を絡ませると、速い呼吸はすぐに喘《あえ》ぎに変化した。

「あ、あ……っ」

浴室のタイルに縋《すが》り、せっぱ詰まった声を立てる。確かに二木のものは反り返るほどに硬く、熱を持っていた。もちろん東海林のスラックスの中も似たようなものだ。

「ここでするのか？」

「ん、あ、あ……こ、ここで一回ヌいて、あと、ベッドで、ちゃんとして……っ」

羞恥を感じながらも、して欲しいことをはっきり口にする。その素直さが愛《いと》しくて、東海林はもっと言葉を求めてしまう。

「ちゃんと、って?」

「……あっ、あ……し、東海林の入れる……んっ……」

「俺のが、欲しかったのか」

細い首に張りついた髪をかき分け、項《うなじ》を軽く嚙《か》みながら聞く。

「ほ、欲し……欲しかっ……あうっ……それ、ヤ……グリグリってすんの、ダメ……っ」

ぷくりと湧《わ》き出た粘液を先端に塗り込めると、二木の膝がカクカク震える。これはいくらも持ちそうにないなと東海林が思っていると、尻の膨《ふく》らみに力が入り、ふたつの丘がキュッと絞るように筋肉を硬くした。二木が前のめりにバランスを崩し、ゴツッ、と額をタイルにぶつける。

「おい、気をつけろ」

「あ、ん、ああ……っ……!」

結構な音がしたのだが、それどころではないらしい。またぶつけて、これ以上二木の頭がナニになっても困るので、東海林は左手を額に回して保護してやった。

「は、あ……しょう……じ……」

小指の付け根に二木の睫毛《まつげ》がさわさわと当たる。

無意識なのだろう、逃げていく腰を東海林が追う。耳たぶを嚙みながら「二木」と呼ぶと、泣き出しそうな声で「もういく」と言った。

手の動きを速める。

二木の肩胛骨《けんこうこつ》がぐっと寄り、声が詰まる。

東海林の手の中の熱が小さな爆発を起こし、淡いブルーのタイルを白く汚す。二木は、額を覆っている東海林の手に体重を預けるようにして、ヒクヒクと震えながら濃い欲望を放出し続けた。最後の何滴かはミントの湯の中に落ちて沈む。

すべてを出し切ったのを確認すると、東海林は二木が余韻に浸りやすいように背中を抱き寄せてやった。安心しきって寄りかかり、二木は「ふあ」というような鼻声を漏らす。東海林のほうも肌着の中がきつい状況になっている。

さて、ではベッドに移動してこちらも解放してやらなければと思った刹那《せつな》——。

「ひょえッ」

二木がマンガの擬態語《ぎたいご》でしか見ないような声を出し、バスタブの中で足を滑らせた。東海林はしっかりと二木の体重を受け止めたが、まずいことにさっき風呂掃除をした折、流しきれていない洗剤が残っていたらしい。

東海林の足裏が洗い場の床をズッと滑った。

なんとか踏ん張ろうとしたのだが、片足では自分と二木を支えきれない。

「う、わ……っ」

「し、東海林っ?」

ドシンとバキンとバリンが混ざったような音がした。

風呂場は狭いのでひっくり返るには至らない。東海林は二木を抱えたままで背後に倒れかけ、頭と肩を強《したた》かに打った。

タイルの壁ではなく、扉だったのが救いだが、骨にまで響く痛みに息すら止まる。二木はすぐに離れ「大丈夫かっ」と気遣ってくれたのだが、痛む肩を思い切り摑まれてしまい、東海林は声にならない悲鳴を上げた。


「僕はね、横浜のトリエンナーレみたいな試みは、もっと増えるべきだと思うんですよ」

「私も同感よ。キュレーターの活躍の場が増えることにもなるし……。ただ、あれくらい大規模だとプランをまとめるディレクターがかなり優秀じゃないと。マーケティングやパブリシティも綿密にする必要がある」

「アーティストの選出や、どんなモードを作るかも大切だな」

「ノミネーターの力量も問われるわけね。横浜の会場は何カ所かに分かれてて、基本的にはホワイトキューブの路線でいくらしいけど……達彦くん、どう思う？」

問いかけてきた剣崎《けんざき》を見て、東海林は「それもありだと思います」と答えた。

「ただ、私の好みではないですね。整理整頓された場所に行儀よく作品を配置するより、すでになにがしかの働きをしている場に作品を置くほうが楽しい」

そうね、と相づちを打ったのは鏑木《かぶらき》だ。四十代半《なか》ばの女性キュレーターで、ニューヨーク在住だが一時帰国している。化粧気のない人だが、はっきりした顔立ちに赤い縁の眼鏡がよく似合っていた。

「だが、展覧会を巡回《じゅんかい》させることを考えるとホワイトキューブがもっとも利便性が高いよ」

短くなった煙草を消した剣崎は美術大学の講師だ。東海林より五つ六つは上だろう。夏物のスーツをきちんと纏《まと》ったやせ形の男性で、顎髭を蓄えている。剣崎も鏑木も、もとは父の知り合いだったので東海林を「達彦くん」と呼ぶのだ。

「確かに、同じ会場を再現するのは難しいですね」

「そうそう。パーマネントな場を創り出すことが不可能である以上、テンポラリーな……」

ズズズズーという音が剣崎の言葉を途切れさせた。二木がコーラを飲みきって、それでも未練がましく吸い上げた音である。東海林は横に腰掛けている二木を「こら」と小さく叱《しか》ってから「ほかになにか頼むか?」と聞いてやる。中身が小学生の二十七歳は首を横に振っていらない、と答えた。追加オーダーはいらない、でも飽きた、と顔に書いてある。

都内の美術館に併設されたカフェである。

若手のキュレーターが企画したデザインアート展に東海林は来ていた。剣崎と鏑木には偶然出会ったのである。お茶でもと誘われ、二木が一緒だったので迷いはしたが、滅多《めった》にない機会なので応ずることにした。東海林も美術業界に属する者の端くれである。アメリカやイタリアでも仕事をしている鏑木の話には興味があった。

「マンガ家さんなのよね？　美術の話に興味はない？」

二木の向かいから鏑木が優しく聞いてくれたのに、二木は訝《いぶか》しむ顔をする。

「美術の話、してた？」

「してたわよ、ずっと」

「髪型の話かと思った」

「あら、なぜ？」

「パーマとか言ってたから」

この答えに、鏑木は微笑《ほほえ》み、剣崎は失笑し、東海林は軽く頭痛がした。

「二木、そのパーマじゃないんだ」

「ふうん。とにかく、難しい話はわかんない」

「難しくなんかないわ。最近は日本のコミックも現代アートとして扱われることも多いし」

「マンガはマンガだよ。芸術じゃない」

ストローの袋をちまちまと折りながら二木が答える。

「ところで達彦くん、その首はどうしたんだ？　車で事故ったの？」

東海林の頸椎《けいつい》カラーを見ながら剣崎が聞いた。東海林は苦笑いを零しながらいいえ、と答える。

「交通事故ではないんです。風呂場で滑ってしまって」

「ロボットみたいでカッコイイよな」

二木の言葉にハハハと剣崎が笑った。

冗談だと思ったのだろう。そうだとしても、不謹慎なジョークだし、それ以前に二木は本気である。頸椎カラーで首を固定された人間を「ロボットみたいでカッコイイ」と言うのは小学二年生以下と二木だけだと東海林は思う。

頭部レントゲン、異常なし。肩から背中も、骨には異常なし。

念のために撮った頭部ＭＲＩも異常なし——ただし、肩の打撲はかなりひどく見事な青あざができている。さらに頭を打ったとき、咄嗟《とっさ》に少しでも衝撃を和《やわ》らげようと首を曲げたのがまずかった。首に負荷がかかってしまい、いわゆるむち打ちになったのである。

「可哀相《かわいそう》に。せっかくの色男なのにね」

「それほど深刻じゃないんです。ただ、カラーをつけていれば治りが早いそうなので」

お大事に、とふたり揃《そろ》って言われてしまった。二木はストローの袋工作も終えて、ますます退屈そうな顔をしている。ぐずり出す前にと、東海林は「このあと用事がありますので」と切り出した。二木が待ってましたとばかりに顔を上げる。

お父様によろしくという定番文句のあと、つけ足すように鏑木が言った。

「達彦くん、あなた、この先もずっと東海林美術にいるの？」

自分と二木のドリンク代を置きながら東海林は「いえ……」と言い淀《よど》む。

東海林美術は老舗《しにせ》であり、日本の美術商として悪くない位置にある。だが父はあと二十年は現役だろうし、後継者の兄もいる。次男坊の東海林もゆくゆくは支店を任されるのだろうが、独立してもっと広い世界を見たいという気持ちもあった。

「このあいだ、青山《あおやま》の支店でやっていた若い人の個展。あれ、あなたが演出したんですってね」

「ええ」

「すごくよかったわ。独特のセンスを感じた。キュレーションに興味があるなら、連絡して。手伝えることがあるかもしれないから」

嬉しい申し出だった。渡された名刺を受け取り、東海林は礼を言う。

名刺を大切にしまってから、カフェを出た。

外に出た途端、八月の日差しに晒《さら》されて二木が「あぢ」と舌を出した。襟の伸びていないTシャツに、洗い立てのブルージーンズという出で立ちだ。一緒に連れ歩く以上、そうだらしない格好はさせられない。一方の東海林はシャツにコットンパンツというシンプルなスタイルである。外に出ると首のカラーが暑苦しいが我慢する。

「なあ、キューなんとかって、なに」

美術館から公園へ続く道に入ると、木陰があるので少し涼しい。

「キュレーターか？　展覧会の企画や制作をする仕事のことだよ。……おまえ、一応美大出だろうが。概論授業でやったはずだぞ、マルタンとか」

「実技以外は寝てたもん、俺。東海林は画廊で働いてるんだから、キュレーターってやつなんじゃないの？」

「まあ、たまには企画もするが、うちの本業は絵を売ることだからな。さっきの鏑木さんみたいな、インディペンデント・キュレーターとはかなり違う」

「インディペ……あいたっ」

舌を噛んだらしく、二木が口を歪《ゆが》めた。

「フリーのキュレーターってことだよ。大丈夫か？」

覗《のぞ》き込もうとしたのだが、カラーに阻《はば》まれて首が曲がらないため、腰から身体を折るしかない。

二木ではないが、ロボットのような動きになってしまう。そんな東海林を見て、二木が「へへっ」と笑った。

「頭打ってさあ、東海林がバカになっちゃったらどうしようかと思ったよ」

誰のせいだと思っているやら、二木はあっけらかんと言った。

「そうだな。おまえとお揃いにならなくてよかったよ」

「な。ふたりでバカだと困るもんな」

いくぶんの嫌みも含めて言ったのに、あまりに素直に受け止められてしまい、かえって困る。こういう真《ま》っ直《す》ぐなところは二木の美点だ。毒気を抜かれた東海林は短く息をついて、隣を歩く二木の尻をポンと叩《たた》いた。二木が「あウ」と小さく跳ねて頬を赤らめた。

昨日は風呂場でのアクシデントのあとすぐに医者に行き、首と肩の安静を言い渡された。さすがに怪我を押してまでの激しい運動はできない。とはいえ、ベッドの中で悶々《もんもん》とする二木が可哀相で、つい指だけ使ってしまった。四つん這《ば》いになり、そこをくじられながら身悶《みもだ》える二木は、東海林にとっても目の毒だった。「口でしよっか？」と言われたのだが、身体に力が入ると首がビリッと痛むので、必死に我慢した次第である。

「そんで、東海林はそのキュレーターとかいうのに、なりたいの？」

「興味はあるな」

「ふうん。……晩メシ、なに？」

二木のほうは、キュレーターにまったく興味がないようだ。東海林は苦笑しながら「なにがい？」と聞く。満面の笑みで返ってきたのは「オムライス」という言葉だった。月に何度かは食べたがる定番メニューだ。

ふたりでスーパーに寄ってからアパートに帰る。

東海林がキッチンに立っているあいだに、二木はマンガ雑誌を読みながらソファで眠ってしまった。疲れたのだろう。雑菌やウィルスにはやたらと耐性の強い二木だが、対人に関するスキルは低く、神経の細いところがある。鏑木や剣崎といたのは一時間程度だが、それでも二木にはストレスになったのかもしれない。

冷房で風邪を引かないよう、タオルケットをかけてやった。鼻をすぴすぴ言わせて眠る姿は、子供っぽく、無垢《むく》な動物のようでもある。

掃除は昨日さんざんしたのだが、本棚のぐしゃぐしゃ具合が気に入らない。もちろん二木の本棚兼資料棚だ。二木が目覚めるまでここの整理をすることにしよう。

まずはよく使う資料を取り出しやすい場所に、そうではないものを一番下へと移動させる。上のほうの棚に、中学と高校時代の卒業アルバムがあった。これはまず使うことはなかろう。ハンディモップで埃を拭《ぬぐ》って移動させようとしたのだが、つい懐かしくて開いてしまう。

中学生の二木は、今よりずっと少女めいた顔をしていた。

久しぶりに見て東海林はふと気がつく。

この頃の二木は、従姉《いとこ》の鳩子《はとこ》に似ている。血が繋がっている以上、べつに不思議ではないのだが、今まで気がつかなかった。アルバムの中には、スナップが何枚か挟まっていて、鳩子と二木の並んだ写真もあり、それを見ると似ているのがよりわかる。色白で、大きな目をして、恵まれた容姿なのになぜだかあまり幸福が匂わない。それは東海林の思い込みだろうか。このおさげの少女が若くして死を選んだことを、知っているからなのだろうか。

二木を幸福にしたい。

鳩子のぶんまで、幸せにしてやりたい——そう思いながらアルバムを閉じる。

高校生になっても、二木の顔はたいして変わらない。今ですら幼さを残しているのだから当然だ。集合写真の中に埋もれた二木はぼんやりとした顔つきだった。漫画研究会の一員として写っている写真も同じようにぼんやりしている。

「……ん？」

もうしまおうとしていたところで、はらりと一枚のスナップがアルバムから落ちた。以前にもこのアルバムを見たことはあったが、そのときにはスナップが挟まっているのに気がつかなかった。拾い上げてみると、高校の制服を着た二木と、もうひとり同級生らしき男が写っている。

ひと目見て、違和感を覚えた。

まず、隣の男が妙に二木に馴《な》れ馴れしい。

肩を組むというより、肩を抱いて自分のほうに引き寄せている感じだ。やや垂れ目だが、明るい笑顔を浮かべた顔はなかなか整っていた。茶色くした髪に軽薄な印象がある。一方の二木はいつものぼんやり顔ではあるが、男に触れられて嫌がっている素振りはない。

おかしいのはそれだけではなかった。

二木が、汚くない。

汚くないと言うと語弊《ごへい》があるが、つまりだらしなくないのだ。具体的に言えば、髪が跳ねていない。制服のタイが曲がっていない。ブレザーのボタンはひとつも取れていないし、かけ違えていない。二木なのに、二木のくせに、やけにちゃんとしているのである。もともと顔の造作は美少年と言っていい出来なので、実に可愛らしい男子高校生となっている。

不可解であり、軽く不愉快でもあった。

中学時代、東海林は何度二木の制服にボタンをつけただろう。髪の跳ね癖を直し、忘れ物がないかを確認させ、袖では洟《はな》を拭くなと注意し——それでも二木を「きちんとした状態」に保つのは骨の折れる仕事だったのだ。

なのに、この写真はなんだ。

東海林不在の高校時代に、自己管理スキルが上がったというのならば納得できる。だが現在の二木を鑑《かんが》みるに、それはあり得ない。再会以来、東海林が世話を焼きすぎて、むしろスキルレベルがダウンしたという可能性はあるだろうか？　いや、大学で久しぶりに二木を見たときはやはり汚かった。汚いやつがいるなあと思ったら、それが幼馴染《おさななじ》みだったのだ。よく覚えている。

「なら……どういうことなんだ？」

写真をまじまじと見つめ、東海林は眉《まゆ》を寄せてぼやく。

残る可能性はひとつ。高校時代の二木の面倒を見た誰かがいたということだ。ちょうど東海林のような存在である。隣に写っている男がそうだったのかもしれない。このにやけた男が、二木の服を直し、髪をとかしていたのだろうか？

胃が軽くムカッとする。

眉間《みけん》に皺《しわ》を刻んだままで、東海林は写真をアルバムに戻した。二木を叩き起こして「これは誰だ、どういう関係だ」と聞きたかったが、さすがに嫉妬《しっと》丸出しで恥ずかしい。昔のことじゃないか、と自分を無理に納得させてキッチンに戻った。

釈然としないもやもやを抱えたまま東海林が付け合わせのサラダを作っていると、二木が目を覚ましてキッチンにやってくる。ゆで卵をミモザ風にしている東海林の背中にぺたりと張りつき「めしできる？」と聞いた。

「もう少しだ」

「あ。ほわほわ花のサラダだ。ツナも入れてツナも」

「ああ」

「ピーマンは入れなくてもいいよ」

肩越しに作業を覗き込んで言う。

「入れる。ちゃんと食え。……二木」

「あ？」

かなり腹が減っているのだろう、二木は東海林の隣に立ち、自《みずか》らツナ缶を開けるという手伝いを始めた。

「あのな、おまえ、高校のときって……こら！　フタを舐めるな！」

ぴしゃりと言われ、二木は出していた舌をむぐりとしまった。以前も缶詰のフタを舐めて、そのふちで舌を切ったのだ。まったく、学習しない男である。

「わかったよ、ンなこわい顔すんなって。で、高校がどしたって？」

目を合わせて聞かれてしまい、東海林は「いや……」と口籠《くちご》もった。タマネギのみじん切りとツナをマヨネーズで和《あ》えながら「写真の男は誰だ」という質問を心の奥に追いやる。

「おまえ高校時代って、どんなだった？」

「どんなって？」

「楽しかったか？」

遠回しに探りを入れている自分がいささか情けない。二木は「はあ？」と芝居がかっているほどに首を傾《かし》げて見せた。

「なに言ってんのおまえ。ガッコが楽しいわきゃないじゃん」

「……じゃ、つまらなかったのか？」

「つまんねーに決まってるでしょ。だってガッコってベンキョーすんだよ？　大学みたいに絵を描く時間が多いわけじゃないしさあ。あ、部活だけちっと楽しかったよ。マンガ描けたから」

さりげなくピーマンを後ろ手に隠して冷蔵庫に向かう二木の襟首を摑み、東海林は「勉強以外は？」と聞いてみた。二木が猫の子のようにもとの位置に戻る。

「勉強以外ってなに」

「友達だとか」

「もう忘れちゃったよ。高校時代のダチで今も会ってるやつなんかいねーもん。……なあ、ピーマンはないほうが美味《おい》しいと思うの、俺」

だめだ、と二木からピーマンを取り上げる。東海林は少しほっとしていた。どうやら、写真の男は二木にとって重要な位置にいたわけではないらしい。今でも会っていたりすれば、二木はそれを言うはずだ。隠したとしても、顔にでかく「隠し事アリ」と浮き出てしまうタイプである。

心が軽くなった東海林は玄人《くろうと》はだしの鮮やかな手際でオムライス二人前を作り、サラダとともにテーブルに並べた。二木は自分のオムライスにケチャップで猫の絵を描いている。東海林のも描いてくれるというので任せたら、猫の横にハートマークも描いてくれた。それを見て笑うと、二木も「えへへ」と嬉しそうだ。

夢中でオムライスを食べる二木を見ていると、東海林の心はじんわりと温かくなる。

口の端にケチャップがついているのを見て、指摘しようとしてやめた。全部食べ終わってからでいいだろう。……そばに行って、舐め取ってやってもいい。半分くらいまではものも言わずに食べていた二木も、少し気持ちに余裕が出てきたのか、スプーンを動かしながら「あ、そうだ」と言い出した。

「俺、海パン買わなくちゃ！　海に行くのに海パンなかったら大変。フルチンじゃまずいしな」

「持ってないのか？」

わしわしとサラダを食べながら、二木は「ウン」と答える。頷いた拍子《ひょうし》に、黄色いタマゴのかけらがぽろぽろとテーブルに落ちた。

「スクール水着なら探せばあるかも。俺がそれはいたら、萌《も》え〜ってなる？」

「……そういう趣味はないな。そもそも、サイズ的にもう無理だろう」

「あ、そっか」

つまり二木は、大人になってから海で泳いだことがないわけか。よくよく考えてみれば、大学時代も一緒に海に行った記憶がない。東海林はゼミの仲間と何度か海辺へ旅行したが、そのときに二木はメンバーに入っていなかった。

「海。楽しみだなあ、海。……なあ、海で食う焼きそばはすっげえうまいってホント？」

「あれは味がどうこうじゃなくて、シチュエーションの問題だろ。子供の頃に海の家で食べたりして――」

言いかけて、東海林は言葉を止める。

二木は家族で海に……行ったことがないのだ。小中学校を通して、二木の母親にそんな余裕はなかった。経済的な事情だけではなく、おそらく精神的にもだ。二木の夏休みの絵日記は、ほとんどが家の近所で見られる小動物や昆虫の観察だった。正直、算数や国語はさっぱりの二木だが絵だけは当時からうまく、教師が「このまま理科の自由研究にできるなあ」と感心したほどだ。

だが、そこに海の風景を見たことは一度もない。

海に限らず、山も、湖も、キャンプ場もなかった。

「……たぶん、疲れるからうまいんだろ」

東海林は言い直す。

「泳ぐのは全身運動だからな。暑いから汗もかく。だから単純な味で、塩分の強い焼きそばみたいなものがすごく美味しく感じるんだ」

「へえっ、そうなんだ」

目を輝かせて海に……もとい、焼きそばに思いを馳《は》せる二木を見て東海林は微笑んだ。

前回の修羅場は、二木が半年間続けた連載の最終回だったのだ。

あの二木が、十六ページのマンガですら「そんな長いのムリ」と口走っていた二木が、連載である。途中で何度か減ページはあったものの、初めて長距離を走り抜いたわけである。もちろん世の中にはン年どころかン十年と連載を続けているマンガ家も多くいるわけだが、そんな雲の上を見てはいけない。

単行本の準備に入るまで、二木の担当である佐伯《さえき》は二週間ほどのオフを与えてくれた。そのあいだにじっくり身体を休めつつ、次作の構想を練ってくれということだ。東海林も夏休みをもらえたので、二泊三日で海にでも行くかという話になったわけである。

「うーみーはひろいーなー　おおきーいーなー」

食事のあとも二木はご機嫌だった。

洗いものをしながらずっと同じ歌を歌い続け、さすがに十二回目になったとき東海林が「ほかに海の歌は知らないのか」と聞いたところ、大真面目《おおまじめ》に「もうイッコ知ってる」と頷いた。東海林がなんだと聞くと、

「おーれは海の子　しーらないのー」

と歌い始める。

それは「我は海の子、白波の、だ」と教えようとした東海林だが、なんだか面白いのでそのままにしておいた。

2

締切がないのは幸せだ。

東海林の作った食事が食べられるのも幸せだ。

しかも、来週は泊まりがけで海に行く。ふたりで旅行をするのは初めてだ。修学旅行には行ったけれど、あれは数のうちに入らない。

洗面所の鏡の前で、二木はムニッと自分の頬を抓る。

ちゃんと痛い。夢じゃない。そう確認してにへらと笑った。両手で両頬を引っ張り、ヘンテコな顔を作って遊んでいたら、後ろから東海林に「なにしてる」と呆《あき》れられてしまった。最近、いいことばかりだからちょっと不安になって自分を抓っていた——わざわざそんな説明するのもおかしい気がして「なんでもない」と洗面台から離れる。

「手は洗ったのか」

「ウン」

「……にしては、乾くのが速いな」

東海林のチェックは鋭い。二木は自分の両手を見て、もう一度「洗ったよ、ちゃんと」と繰り返す。すぐにジーンズの尻で拭いたので乾いているのだ。

「そうか。じゃあ、行くぞ」

濡れたジーンズには気づかれなかった。頸椎カラーとかいう、邪魔そうなものを首に巻いているせいで東海林は俯く動作がしづらいのだ。風呂場で滑った二木を支えようとしての怪我である。二木なりに励まそうと思って「そういうの、名誉の負傷っていうんだよな」と言ったら、なんだかとても微妙な顔をされてしまった。間違った表現だっただろうか。

デパートのトイレを出て、エスカレーターで上層階に移動する。

「水着売り場、何階だって？」

「六階」

「東海林も新しいの買う？」

「俺は持ってるからいい。……それ以前に、首が治ってくれないとな……」

男前がぼそりと呟いた。

東海林は背が高く、スタイルがいい上に美男子なので、一緒に歩いているとすれ違う女性が振り返る確率が高い。今日も夏らしいカジュアルな格好に、サラリとした素材のジャケットを合わせていてお洒落《しゃれ》も上手だ。そんなに格好いい男が頸椎カラーをつけていると、すごく目立ってしまう。医師の話だと、二週間はつけていたほうがいいらしい。

「おまえ、海でもそれつけてんの？」

海パンにカラーという出で立ちを想像すると、かなり笑える。エスカレーターの一段下に立っていた東海林は、にたにたしている二木の額をピンと指で弾いた。

「いてっ」

もちろん、痛くないように加減してくれているのに、わざと二木は額を押さえる。そうすると東海林の顔が少し心配げになってなんだか嬉しい。

「海では外す。……そんなに痛かったか？」

「ううん。ちっとだけ。俺、どういうの買おうかなあ。あんまピタッとしてるのはやだなあ。うちの息子さん苦しがると思うし」

「競泳じゃないんだから、海でそんなのはいているやつはあんまりいないと思うぞ。一緒に羽織《はお》るパーカーを買っておこう。おまえ、日に焼けるとすぐ赤くなるからな」

うんうん、と二木は頷いた。

確かに肌はあまり強いほうではない。皮膚が薄いのだろうか、東海林がときどき「面白いくらいに痕《あと》がつく」と、身体のあちこちに吸いついている。そのときのチリッと小さく痛むような感覚を思い出してしまい、頬が火照《ほて》る。二木は慌《あわ》てて俯いた。

結局、ありきたりなボクサータイプのスイムウェアを選んだ。

綿のパーカーと、ビーチで履くサンダルも買う。ついでに目についたサングラスもかけてみたのだが、あまりに似合わなくて自分で大笑いした。東海林はきっと似合うだろうと思って「かけてみろよ」と言ったのだが、「いい」とすげなく拒否される。確かに頸椎カラーとサングラスの組み合わせはちょっとおかしいかもしれない。空気を入れると膨らむワニも欲しかったが「子供じゃないんだから」とそれも却下《きゃっか》された。

デパートを出たのは七時前だ。そこから、約束のビアホールへと向かう。今夜は二木の連載が無事に終わった打ち上げなのだ。

「おーい、こっちこっち」

指定されたビルの屋上では、すでに佐伯が待っていた。一緒にいるのは二木の愛読者であり、かつ東海林の仕事相手でもある千葉《ちば》茜《あかね》だ。

「あれっ。東海林さん、なに。その首、どうしたの」

「ちょっと、転びかけて……むち打ちに」

すでに大ジョッキをしっかりと握った茜が「転んでむち打ち？」と首を傾げた。茜は二木や東海林より三歳年上で、日本画の大家である父のマネジメントを職業としている。以前、二木が盗作疑惑をかけられた際になにかと力になってくれた女性だ。

「そりゃ大変だったねえ。じゃあアルコールはほどほどにしておかないと」

そう言ったのは二木の担当であり、マンガ家としての育ての親にもあたる佐伯である。四十代半ば、まばらな顎髭を蓄え、小熊のような風情《ふぜい》の男だ。ややマニアックな傾向のある雑誌『ネオジェネ』の編集長をしている。

「さあさあ、まずはビールよね？　すみませーん、オーダーお願いしますー」

茜が高々と手を挙げて店員を呼んでくれた。二木と東海林は、丸いガーデンテーブルに隣り合って座り、中ジョッキをふたつ頼む。今日も日中は暑かったせいか、どこかレトロな飾りつけの屋上ビアホールは、なかなかの賑《にぎ》わいだった。

グラスが揃い、改めて乾杯する。

「連載無事終了、おめでとう！」

茜が言い、みなでジョッキを合わせる。よよよ、と泣き真似《まね》をして「ありがとう、ありがとう」と言ったのは佐伯だ。

「落ちるかと思ったことが、何度あったことか。印刷所に『待つにも限度がある』と言われたのも数えきれない。ファンですら、『あのルコちゃんに集中連載なんてムリムリムリ』と噂《うわさ》していたのに、とうとうこの日を迎えられて、俺は本当に嬉しいっ」

「なんで佐伯さんが感激してんだよ。俺の連載だぞ？」

「いや。佐伯さんの気持ちはよくわかる」

東海林までそんなことを言い出すので、二木は口を尖《とが》らせた。向かいで茜が笑いながら、豪快にビールを流し込んでいる。

「私は一読者として、ルコちゃんと担当さんの両方にお疲れ様と言うわ！　とっても面白い作品だった。こんな言い方はなんだけど……ルコちゃんにあんな引き出しがあるなんてびっくり」

「いやいやいや、実は俺も同感だった。意外な引き出しだったよなあ、あれは担当としては恥ずかしい限りだけど、嬉しくもある」

「俺はタンスじゃないんだから、引き出しなんかついてない」

二木が異議を申し立てると、残りの三人が顔を見合わせて笑う。東海林が隣で「引き出しっていうのは、喩《たと》えだ」と教えてくれる。

「そうよ、ルコちゃん。あなたには、まだまだいろんな作品を描ける可能性があるっていうことだわ。あの路線なら、読者ももっと増えると思う。ああ、どんどんメジャーになっていくのねえ……昔からのファンとしては、ちょっと寂《さび》しいような気持ちもあるけど」

「ああいうのはもう、とうぶんいいよ。集中して描いたからちょっと疲れたし」

テーブルに届いた熱々の唐揚げを手で摘《つま》もうとして、二木は東海林に睨まれる。大人しく手を引っ込めると、大きな手が取り皿に三つ取り、櫛《くし》切《ぎ》りのレモンを絞りかけてくれた。唐揚げは二木の好物だ。

「可愛い作品だったから、ウケもよかった。アンケもぶっちぎりで一位を独占してたし」

佐伯はほくほく顔である。

二木が半年続けていた連載は、一言でいうと猫耳ものである。動物はなんでも好きな二木だが、一時期ものすごく猫が飼いたかった。だがアパートはペット禁止だし、東海林の出張中にきちんと世話できるのか自信もない。結局、諦《あきら》めたわけだが、そのときに思いついたモチーフだ。

猫耳と言っても、人間に耳とシッポがぴょこん、というあれとは少し違う。

ある少女が、道ばたで猫耳のついたカチューシャを拾う。可愛かったので、なんとなくつけてみると、少女はたちまち本物の猫になってしまうのだ。

猫となって、自分の友達、ボーイフレンド、家族など、さまざまな人のもとを訪れて本音を聞くという物語である。もちろん、耳に痛い本音もあるので楽しいだけの物語ではなかったが、そこが評価されたらしい。

同業者の友人に立花《たちばな》キャンディという二木よりずっと有名なマンガ家がいるのだが、彼などは「あの作品大好きだよ！」と、とても熱く語ってくれた。

二木自身は、なにがどうしてそんなにウケたのかよくわからない。ただ、自分がもし猫になったら、こんなことしてみたいなあという妄想を形にしてみただけだ。

「ところで、今日はふたりで買い物してたの？」

デパートの紙袋を見て茜が聞いた。

「海パン買ったんだ！」

袋の中身まで聞かれてもいないのに、勢いよく答える。隣で東海林が「夏だし、海にでも行こうかと思って」とつけ足した。茜は辛《から》そうなチョリソーをパクリと咥えて「いいなあ」と羨《うらや》ましそうな声を出す。二木は小鼻を膨らましてへへ、と笑った。

「泊まりがけなんだ。海の近くのホテルで、刺身が美味しいんだって」

「いいねえ、刺身」

佐伯もニコニコと相づちをくれる。

「んで、ビーチでビール飲んでさ、焼きそば食うの！　海で食う焼きそばがどうしてウマイのか知ってる？　あれってさあ……」

「ほら、二木零してるぞ。食うか喋《しゃべ》るかどっちかにしろ。——っと、失礼」

二木の襟にまで落ちてしまった唐揚げのカスを取りつつ、東海林はシャツのポケットに入っている薄型の携帯電話に手を当てた。振動音が二木にもわかった。

振動だけにしろ、音があるにしろ、二木は東海林の携帯が鳴るのが嫌いだ。自分の知らない仕事の話を、自分の知らない誰かと熱心にしている東海林は、なんだか遠くに感じる。

東海林は発信者を確認すると軽く眉を上げ、椅子《いす》から立ち、ほかの客の迷惑にならない位置まで移動していった。

「東海林さん、仕事忙しいの？」

佐伯に聞かれ、二木は「さあ」と答える。

「かなり忙しいはずよ。青山のギャラリー、春から大がかりな企画が続いているから」

事情通の茜の言うとおりだった。

本当は二木も気がついている。東海林は出張も多いし、帰りが深夜になることも珍しくない。来週の休みもいろいろと工面して作ってくれたらしい。二木もふだんはたいてい原稿に追われているので、ある程度まとまった休みがふたり重なるのは貴重だった。

「東海林さん、仕事もできる人だもんなあ。大変だと思うよ、家庭と仕事の両立。いや、子育てと仕事の両立って言ったほうが近いのかな……」

「なんだよ、それ」

二木がむくれ、茜は「わかります」と笑う。

「東海林さんの場合、ルコちゃんのお世話も仕事のうちよ」

「そうそう。マネージャーみたいな感じ。メシも作れるマネージャー」

サラダからピーマンを避けて二木は言う。

苦みがあってあまり好きではないが、どうしても食べられないわけではない。二木が避けたピーマンに眉を顰《ひそ》め、「ちゃんと食べなきゃだめだ」と東海林は言うだろう。そんなふうに気にしてもらえると、すごくいい気分になれるのだ。

「失礼しました」

だが、戻ってきた東海林は片隅に集められたピーマンに反応しなかった。表情がいつもより硬く、ビールで喉を潤《うるお》したあとに溜息《ためいき》を殺したのがわかる。

「トラブル？」

茜の問いに「いえ、そういうわけでは」と答え、横にいた二木を一瞬だけ見た。すぐ逸《そ》らされた視線に、嫌な予感がする。二木は東海林のほうを向いて「なに？」と聞いた。

「なんかあったの。電話、誰」

「鏑木さんだ」

「ああ、キュレーターのね」

その相づちは茜からだった。佐伯が「キュレーターってなんだっけ」と太い首を傾げる。

「展覧会を企画する人のことです。日本の美術館だと、企画は所属の学芸員が立てる立場が多いんだけど、昨今はフリーの人も増えてるんですよ」

なるほど、と佐伯が頷く。

「で？　カブラギさんが、なんだって言うんだよ」

急《せ》かすように聞くと、東海林はロボットみたいな動きで二木に少しだけ身体を向けた。

「ぜひ会わせたい人がいるそうだ。イタリアの有名なビエンナーレをキュレーションしているひとりで、青山のギャラリーにも一緒に来てくれたらしい」

「あら、どなた？」

茜の問いに東海林はなにやら凝《こ》りすぎて味がわかりにくいパスタみたいな、ややこしい名前を口にした。有名だというのは本当らしく、茜が「大物じゃない！」と目を丸くしている。

「絶対に会っておくべきだわ。彼が去年手掛けたアート展の話も聞けるし、東海林さんの仕事にしても彼とコネクションがあるのはいいことよ」

「……まあ、そうかな」

東海林はジョッキを置き、今日はあまりかっちり固めていない前髪を掻き上げた。休日の東海林はいつもより少し若く見える。

「予定が合えば、ぜひお会いしたかったんですが」

「え、会わないの？」

「今連絡をもらって、三日後と言われても」

三日後。二木は指を折って計算する。三日後というのはもう月曜日で、つまり二木と東海林が海へ出かける日ではないか。

「だめだよ！」

我知らず、大きな声が出た。

「だ、だめだよ、だって海じゃん。旅行じゃん！」

東海林の袖を握りしめて言うと「わかってる」とカラーの男は答えた。

「ちゃんと断ったから、おまえは心配しなくていい」

その返事にホッとしたものの、茜が「うーん、旅行はずらせないの？」などと余計な口を出す。

「休みの関係で、ずらすとしたら今度は夏の終わりになるかな……」

呟いた東海林に「だめだよっ」と二木は髪が乱れるほど首を振る。

「もうホテルの予約もしちゃったし！　あ、あんまり遅くなると、海にクラゲがたくさん出るってテレビで言ってたし！」

勢いづいて喋ったせいで、口の中の食べかすが少し飛んでしまった。幸い、向かいのふたりにまでは届かなかったが、佐伯が「まあまあ、ルコちゃん落ち着いて」と苦笑いする。

「よっぽど楽しみにしているんだなあ、海」

「そ……そういうんじゃないけど……」

「うーん、ルコちゃんの気持ちもわかるけど……でも本当に大物なのよ、そのキュレーター。私だったら旅行より優先したいくらい」

でも、と言いかけた二木の肩をポンと叩いて、東海林は「いや、旅行も滅多に行けないので」と言ってくれた。

「というか、こいつを連れて海行くなんて初めてなんです。俺も楽しみにしていたし、今回はこっちを優先させますよ」

「そっか……うん、そうね。ごめんなさい、なんか口挟んじゃって」

「いえ、ぜんぜん」

穏《おだ》やかに笑い、東海林は周囲を確認してから煙草を一本取り出した。どうやら旅行がキャンセル、または予定変更になることはないらしい。二木は安堵して、乗り出していた身体を椅子の背中に預ける。

ところが、東海林が煙草に火をつける寸前、また携帯が震える。発信者を確認した東海林が、訝しんで首を傾げる。誰、と聞くと「兄貴だ」と答える。

「えー、また仕事の電話かよ」

「どうだろう……でも、自宅からなんだ。いつもは携帯からかけてくるのに……すみません、たびたび」

東海林は佐伯と茜に詫《わ》びて、また席を離れていく。二木はポテトフライにこれでもかというほどケチャップをつけながら「マナー違反だよなあ？」と向かいのふたりに言った。

「ルコちゃんがそれを言うのか」

佐伯が小さな目を丸くし、茜は遠ざかる東海林の背中を見つめている。

二木は茜から目を逸らした。彼女の目が「もったいないなあ、もし自分だったら、この好機は逃がさないのに……」と言っているような気がしてならない。思い込みかもしれないし、本当にそう考えていたとしても、二木を責めたりする人ではない。

それでも、なんだか心苦しかった。

自分がわがままを言った自覚が、あとからじわじわと染み出てくる。

「……そんなにすげえ人、なの?」

二木が誰について聞いているのか、茜はすぐに理解したようだ。

「イタリアのキュレーター? 美術業界ではネームバリューも実力も飛び抜けているわね」

「その人と会うと、東海林になんかいいコトあんの?」

「話を聞くだけでもすごく有意義だと思うわ。それに、東海林さん以前に、展覧会の企画に興味があるって言ってたから、ますます会わないなんて考えられな……あっ、でも、海はずっと前からの約束だったんだし! 東海林さんも行きたいんだし!」

二木の表情が変化したらしく、茜は途中から声音まで優しくなって「大丈夫!」と言い添えた。なにがどう大丈夫なのかわからないが、少なくとも二木はとても情けない顔を見せてしまったらしい。

「ルコちゃんの世界は、東海林さんを中心に回っているんだなあ……」

つくづくといった風情で佐伯が呟く。

「仲がいいのはよく知ってるし、東海林さんがいてくれるとルコちゃんの仕事も順調でありがたいけど……僕はときどき、担当として申し訳なくなるんだよね。本当は、もう少し僕や他社の担当が、マンガ家・豪徳寺《ごうとくじ》薫子《かおるこ》を支えなきゃいけないのになって」

「…………べつに、東海林だって、いいじゃん」

二木もさすがに「東海林に支えてもらっているつもりはない」とは言わない。東海林がいなければ自分がどうにもならない自覚はある。

東海林は友人で、恋人で……二木の背骨みたいなものだ。東海林の存在がなければ、二木はへなへなで、ぐにゃぐにゃで、役立たずのどうしようもない人間だろう。

「し、東海林だって、俺といるのが……」

「うん。わかってる。それはわかってるよ、ルコちゃん」

佐伯もすでに、東海林と二木がただの友人関係ではないと察しているだろう。茜にいたっては、かなり以前から勘づいていたらしい。

「きみたちのプライベートに口出しするつもりはない。ただ、きみのマンガを依頼してるのが僕である以上、東海林さんにあまり負担をかけるのはどうかと思うんだ。前に飛田《とびた》も似たようなことを言ってただろう？」

「……そんで、鼎《かなえ》を寄越したんだ」

飛田というのは別の社の担当者だ。彼自身にはなんの問題もないのだが、この担当が手配したアシスタントの鼎という男に、二木はひどい目にあった経験がある。それ以来、二木はどんなに忙しくてもアシスタントを使わない。

「あれは人選こそまずかったけど、担当者として間違ったことをしたわけじゃないんだ。ほんとになあ……東海林さんみたいな気の利くアシがいればいいんだが……」

「いいじゃん、東海林本人がいるんだから」

「けど、本業があるだろ？　東海林さんだって、思い切り自分の仕事がしたいんじゃないかと考えると、心苦しいんだよ」

そんなことないよ。

……とは言いきれなかった。親指の爪を嚙みながら、二木は考える。

正直、二木は東海林の仕事についてよく知らない。老舗画廊の次男であり、支店のギャラリーで働き、年に何度か作家の個展の企画にも関わっている——その程度は承知だが、やれキュレーターだのビエンナーレだのホワイトキューブだのになってくるとお手上げだ。

そもそも、東海林は自分の仕事についてあまり話さない。

反して、二木は東海林に仕事についてよく話す。というより、東海林は二木の仕事を把握している。今二木がどんな仕事をしていて、次になにが控《ひか》えていて、体調はどうで、なにを食べたがっているのか——ほぼすべてを掌握《しょうあく》し、管理している。唯一、作品の内容については言及《げんきゅう》しない。もともとマンガをほとんど読まない男だし、二木もそのほうが助かる。作品の中身についてだけは、誰にも踏み込んでほしくない領分だからだ。

二木はマンガが好きだ。

マンガを描くのも好きだ。修羅場はもうやめたいと口走るほどつらいけれど、心の底からやめたいと思ったことはない。マンガ家以外にできる仕事もないだろう。

東海林も自分の仕事が好きなのだろうか。

だとしたら、自分は東海林の仕事を邪魔しているのか？

そんなはずはない。だいたい、東海林は邪魔なら邪魔だとはっきり言う男だ。掃除中など、いつも「おまえも捨てるぞ」と脅《おど》されているではないか。

「東海林は……そんなに、ギャラリーの仕事に燃えてる感じはしないけど」

「そうなのかい、茜さん？」

「見た目は淡々とした人なので、そのへんはなんとも……ただ、ルコちゃんのお世話に燃えているのは確かですよ」

茜のセリフの後半は、二木を安堵させてくれた。「ほらね」と頬が緩んだのが自分でもわかる。

「東海林は好きで俺の世話してるんだよ。趣味とか生き甲斐みたいなもんだよ。だから佐伯さんが深く考えることないって。平気だって」

「生き甲斐って……自分で言うかい、ルコちゃん」

「だってホントなんだもん。だから、そのナントカってイタリア人にも会わないで、海に行くんだよ。そのほうが楽しいに決まってる。あのね、俺が楽しいと、東海林も楽しいんだ。俺が嬉しいと、東海林も嬉しいの。俺たち、そういうふうになってんの」

「な、なんか、おのろけみたいね……」

茜が頬に手を当てて言い、佐伯も「まったく、参るなあルコちゃんには」と頭を掻く。自分ではのろけたつもりもないのだが、そう言われると少し恥ずかしくなってしまった。鼻の頭を擦って二木も「えへへ」と笑う。

短いけれど、夏休みだ。東海林と一緒の夏休み。

夏休みが待ち遠しいなんて、もしかしたら初めてじゃないだろうか。子供の頃の夏休みはつまらなかった。勉強しなくていいのは助かるけれど、学校に行かないし東海林に会えない。

たまに呼び出して遊ぶことはできるけど、毎日はムリだし、東海林は塾にも通っていた。家にずっといると母親が不機嫌になるし、外をうろうろするには暑すぎる。

今も暑いのは嫌いだけれど、海なら晴れてるのがいい。

空は真っ青で、海がきらきらしているのがいい。焼きそば食べて、かき氷食べて、アメリカンドッグもあるといいなあと思う。二木はホットドッグよりアメリカンドッグが好きだ。周りの皮がちょっと甘いところが好みなのだ。そうだ、ビーチで使うレジャーシートを買っていない。東海林に言っておかなくちゃと思ったところで、タイミングよくカラー男が戻ってきた。携帯電話は仕舞わずに手に持ったままで、二木のほうを向いて腰掛ける。

「なあ、東海林、ビーチに敷くさあ……」

「二木、すまない」

唐突に謝られ、二木は続く言葉を飲み込む。すまないって、なにが?

「旅行は延期にしてくれ。兄貴の子供が入院して、どうしても出張を代わらなきゃならない」

突然突きつけられた計画変更に、二木は口を開けたまましばらく固まっていた。

「そりゃ不可抗力だろ。東海林さんに責任はないよ」

呆れた口調《くちょう》で言われ、二木はむすりと「わかってるよ、そんくらい」と答えた。

都内の甘味屋である。

朝からこれでもかというほどに暑い陽気だった。エアコンを強に設定し、アパートでひとりぐだぐだしていた二木のもとに、同業者の律《りつ》から電話が入ったのだ。

かき氷食べたくないか、と。

一度は「暑いからヤだ」と断ったのだが、律は「暑いから氷がうまいんだろ。出てこいよ」と諦めない。しかも、まだ店頭に出てない律の新刊をくれるという。二木は人の作品をあまり読まないタイプの作家だったのだが、律や立花という同業の友人ができて以来、今までよりは読書の幅を広げるようになった。律は少女誌で活躍中であり、リリカルで繊細な作風のわりに、本人はどちらかというと口が悪く、ものをはっきり言う。そのぶん裏表がないので、二木にとっては一緒にいて楽な相手だった。

かき氷と新刊につられて、アスファルトの灼熱《しゃくねつ》地獄を経由し、律のおすすめだという甘味屋に入る。地元住人か通以外は見過ごしてしまいそうな、ごく小さな甘味処《かんみどころ》だった。

「で、ケンカしたまま東海林さんは出張かよ」

「ケンカっていうか……俺が一方的に怒ってただけだよ」

「悪くもないのに怒られるんじゃ、いい迷惑だよな東海林さんも。……お、来た来た」

和服を纏った店員が「スペシャルとアンズお待たせしました」とガラスの器を運んできた。

アンズを頼んだのは二木だが、ここの常連らしい律はスペシャルというメニューにはない注文をしていたのだ。どんなスペシャルが来るのかと思えば——確かに見たこともないかき氷である。宇治金時《うじきんとき》に白玉とアイスクリームが加えられ、さらにプリンがデンと載っているのだ。

「それって……うまいの？」

「うまいよ。冷え冷えのプリンがたまらん。ここの家の娘さんにサイン色紙あげたら、特別に作ってくれるようになったんだ」

律はスプーンで氷をサクサク掘り、宝物を隠すようにプリンを埋没させた。

「ルコちゃんさあ、そんなんじゃ東海林さんに愛想尽かされちゃうぜ？　甥《おい》っ子の病気じゃしょうがないじゃん。いくら旅行の約束が先だったとしても、緊急事態ってやつだろ？　そこはまず人として、病気の子の心配をすべきだよ」

「……だから、わかってる。頭ではちゃんとわかってんだよ」

あのとき、佐伯と茜はすぐに「え、どうしたの」「大丈夫なのか」と心配を露《あら》わにしていた。それが大人の対応だというくらい二木だって承知だ。たとえば入院したのが佐伯の愛娘《まなむすめ》だったりすれば、つたないながらも見舞いの言葉も出ただろう。だが、あのときはだめだった。目の前に差し出された特別なお菓子をいきなり隠されてしまった子供のように、癇癪《かんしゃく》を抑えきれなかったのだ。

「けど、命に関わるようなもんじゃないって東海林も言ってたし、母親だけいればいいじゃん。父親がいたからって、なんも変わらないだろ。手術すんのは父親じゃなくて医者だもん」

「まさかそれ、東海林さんに言ってないよな?」

「言ったよ。その場で」

うわ、と律が整った顔をしかめて白玉を食べた。

「最悪。どんだけジコチューなんだよ」

「……担当にも、そんなようなこと言われた」

「東海林さんはなんて?」

「なんも。黙ったまま」

いやだいやだ、海に行くんだ、東海林の嘘つきと、幼児退行したかのようにごねる二木を、なだめすかしたり叱ったりしたのは佐伯と茜だった。東海林は煙草を吸いながら、ほとんど黙りこくって、口を開けば「すまない。でも、本当に行けない」と繰り返すだけだ。

「……東海林が、いいかげんにしろって怒ってくれればよかったんだ」

「ハア?」

「俺だってアホなのは自分だってわかってたけど……なんか、止まらなくなっちゃって……東海林がビシッと叱ってくれれば……」

おいおいおい、と律が深い溜息をつく。

「いいかげんにしろよ。東海林さんはおまえのためにメシ作って、掃除して、スケジュール管理して、トーン貼って、落ち込めばヨシヨシってしてして、挙げ句の果てに叱ってくれ?」

なにそれ、と律がつくづく呆れた顔つきになる。

「東海林さんとおまえが古いつきあいなのはわかってるけど、それじゃ友達っていうより母親で父親で恋人でアシでマネージャーじゃん。そんなひとり五役、ムリ。神様じゃないんだから」

「でも」

「でもじゃねえでしょ」

ピシャリと言われて、二木は口を噤《つぐ》む。

「ルコちゃんさあ、重たすぎんじゃないの？」

「重たい……？」

「負担になってんじゃないのかって意味。恋人同士でもないのに……いや、恋人だったとしてもだめだよな。ますますだめだ。相手の時間を侵食しすぎだ」

「しんしょく……」

「食い潰してるってことだよ」

どきりとする。

律が氷の中のプリンをつつくと、黄色いそれはフルルンと震えた。

「俺のつきあってる相手も仕事がすごく忙しくて、約束がキャンセルになることだってよくある。けど、それでいちいちごねたりはしねーよ。俺が自分の仕事を大事にしているように、あいつはあいつの仕事が大切なんだし、俺のこと気にして、あいつが思い切り仕事できないなんて……そんなのはイヤだ」

恋人のことを思い出したのか、律はやや瞼《まぶた》を伏せて話した。

だがすぐに、やや吊《つ》り気味の目をキッと上げて二木を見据《みす》える。

「東海林さんをダメにするなよ？」

「ダメって……なに言ってんだよ、りっちゃん。東海林がダメになるわけないじゃん」

甘酸っぱいアンズの氷は美味しいが、店内は冷房が効いているので少しずつ身体が冷えていく。一緒に出されたお茶が温かいわけを理解し、二木はスプーンを置いて湯呑《ゆの》みを持った。

「だって、東海林はすごいんだぜ？　俺と違ってなんでもできるんだ。頭もいいし、家のことも完璧だし、自分の仕事もおろそかにしなくて、でも俺の面倒を見てくれる」

「そんだけすごい人がおまえの面倒を見なくてすむとしたら……おまえがもっと自立すれば、もっとすごくなれるんじゃないの？」

「そ……」

「今だって東海林さん、おまえのために無理してるだろ。イタリア人のキュレーターにだって、本当は会いたかったんじゃないの？　おまえのために、我慢したんじゃないの？」

「違……東海林だって、海に……」

「きついこと言うようだけど、いいか？」

もうすでにきついよ、とは言えずに二木はカクリと頷いた。

「おまえはいいの？　自分のために、東海林さんがダメになってもいいの？　仕事のチャンスが潰れたり、家族と軋轢《あつれき》が生じたりしても構わないわけ？」

「それは……」

「おまえのために、東海林さんはいくつ我慢すりゃ…………。あ、ゴメン」

二木の顔がよほど変化したのだろう、律が慌てて「言いすぎた」と詫びる。

「もちろん、東海林さんが納得してやってるなら俺が口を挟むことじゃないし、なんつうか、ルコちゃんはすごい大事にされてるんだと思うけど……」

我慢してる？　東海林が？

そんなはずない。東海林は好きで二木の世話を焼いているのだ。我慢なんかしてない。我慢なんかこれっぽっちも……。

キン、と頭が痛んだ。

半分まで食べたかき氷のせいだろうか。でも、かき氷で心まで痛くなるのはなぜだろう。胃が冷えると、心も冷えるのか。

自分が、東海林をダメにする——考えたこともなかった。あの東海林が、完璧な東海林が、ダメになるはずないと頭から信じていたからだ。

けれど……自分で言うのも悲しいが、二木は自分のダメさに自覚はある。

マンガ家などという稼業をしていると、世間の常識を多少逸脱していても大目に見てもらえたりする。変わり者も多いし、扱いにくいタイプも珍しくない。だが、そのマンガ家の中で言っても——自分は相当にダメな部類だろう。いや、マンガ家だからという逃げ道に縋《すが》るのはずるい。

はっきり言って、人としてだめなのだ。

約束が、もとい締切が守れない。

自分で立てた予定を遂行《すいこう》できない。

頭も悪いし、部屋も片づけられないし、歯磨《はみが》きもすぐにサボろうとする。

初対面の人に話しかけられると言葉がなかなか出てこなくて、気の利いたセリフひとつ思いつかない。

クズで、臆病《おくびょう》で、友達は少なく、教師にはいつも叱られ、母親にはよくひっぱたかれた。

こんな自分とずっと一緒にいれば――いくら東海林でも、ダメになってしまうかもしれない。

あんなに格好よくて、非の打ち所のない男が、二木のためにダメになる……そんなこと、あっていいのだろうか。

「し、東海林はカッコイイままでいなくちゃだめだ」

「え？」

二木の内心を読めるはずもない律が戸惑《とまど》いの表情を見せた。

「東海林まで、俺につられてダメ人間になっちゃったら……た、大変だ」

「ちょ、待てよ。おまえのことダメ人間だなんて言ってないよ、俺」

律は慌てて言い添えた。

「ルコちゃんにだって、いいところはたくさんあるよ。なにより作品がいいし、熱い読者だっていっぱいいついてるし、顔だってなかなかのもんじゃん」

「あとは？」

「あとは……待てよ、ええと……うーん……」

「ほら！　もうないじゃん！」

「だから待てってば……素直なところとか！」

「難しいこと考えられないからだよ。バカなだけ。いいんだ、わかってる。俺、自分くらいダメなやつに会ったことないもん」

言うだけ言うと、二木はやけのようにザクザクと氷を食べた。頭はずっと痛いままだが、構っていられない。ほとんど一気に食べ尽くしてしまうと、口の中が痺《しび》れたように冷たくなる。けれどもうお茶はない。

「あの……ごめんな……」

自分の言葉が二木を傷つけたと思ったのだろう、しょげてしまった律に謝罪され、二木は少し落ちつきを取り戻し「いいんだ」と首を横に振った。

律は悪くない。友人として言ってくれたのだとわかっているし、正しい指摘だと思う。ダメな友人とつきあっていれば、ダメになっていく可能性は高い。

「りっちゃん。俺、どうしたらいいのかな、どうしたら東海林はダメにならないのかな……」

「ダメっていうか……その、東海林さんの負担を減らしたいなら簡単だよ。ルコちゃんが自分のことをできるようになればいいだけだろ？」

「自分のこと……？」

「メシ作ったり、掃除したり」

「……そんだけでいいの？」

「それだけでも、東海林さんずいぶんラクになると思うけど。あ、すみません、お茶ください」

律が二木のために新しいお茶をもらってくれた。熱いお茶が冷たい口の中を癒《いや》し、少しホッとした心持ちになる。

それくらいなら、頑張ればできる気がする。

今まで「食事を作ろう」「掃除をしよう」と思ったことがあまりない。「腹減ったなあ」「部屋汚いなあ」とは思うのだが、そこで思考が停止してしまうのが二木なのだ。もう一歩踏み出せばいいだけなのだし、世の人の多くは炊事《すいじ》も掃除もやっているのだから、不可能ではないはずだ。

「りっちゃん、俺、頑張るよ」

「おお、ルコちゃん、頑張れ」

律はテーブル越しに二木の手をしっかりと握って励まし、「特別だぞ」とプリンを一口くれたのだった。

3

「……けほ」

夏風邪はバカが引く。

——などというのは昔の話だ。冷房もなかった時代、暑い季節に風邪を引くのは稀《まれ》だったろう。だが現代は違う。冷えすぎとも言えるほどのビルの中と、ヒートアイランドと化した外気の温度差は激しく、それだけで身体に負担だ。あっさりしたものばかり食べるので栄養は偏《かたよ》り、抵抗力が弱くなる。さらに現代社会特有のストレスが身体の免疫力《めんえきりょく》を下げ、風邪を引きやすい状態を作り……。

「けほ。けほけほけほ……ゲホハッ……ッ！」

このように、風邪を引くわけである。

口を覆ったハンカチをポケットにしまい、東海林は鼻の付け根を軽く揉《も》んだ。もうずっと鼻が詰まっていて苦しいし、なんだか頭もぼうっとしている。基本的に健康体のはずだが、今回は二木というストレッサーが東海林の免疫力をぐぐんと下げていて、まんまと風邪のウィルスたちに身体を乗っ取られてしまったのだ。

「大丈夫か、おまえ。顔色よくないぞ」

青山のギャラリーである。

甥が入院してる病院から戻ってきた兄に心配され、東海林は「平気です」と乱れた前髪を直した。兄の代行として行ってきた大阪《おおさか》と京都《きょうと》の出張から戻ってきたところだ。

「急にすまなかったな。旅行の予定があったのに……」

「いえ、いつでも行ける場所ですから。友衛《ともえ》くんの具合は？」

「お陰様で順調だよ。早く退院したいってうるさくてな」

「よかった。俺も安心しました」

東海林にとっても可愛い甥っ子である。手術が無事にすみ、経過は良好と聞いて安心した。が、安心できない案件がひとつ。

言わずもがなの二木だ。海へは行けないとなった途端の拗《す》ねようときたら大変なものだった。理由を話しても納得しないし、佐伯や茜の言葉に耳を傾けようともしない。自分で自分の感情をもてあましているきかん気な子供のようなものである。ああいう場合、なにを言っても無駄なので、東海林はただ「すまない」と詫びるだけにした。二木がどれだけ楽しみにしていたのかは知っているだけに、悪かったと思ったのは本当である。また同時に、いいかげん大人になれよと思ったのも本当である。

出張はあの翌日からで、三泊の日程だった。

「おまえ、首はもういいのか？」

頸椎カラーをつけていない東海林に、兄が問う。

「目立ちすぎるし、どうにも暑いので……本当はつけていたほうがいいんでしょうけどね。痛みはずいぶんマシになりました」

答えながら腕時計を見る。

午後六時。二木はなにをしているだろう。夕方には東京に戻るというメールを送っておいたが、返信はない。出張中にも何度かメールしたが梨《なし》の礫《つぶて》だ。拗ね続けたまま、冷房をかけまくった部屋で蓑虫《みのむし》になっているのだろう。ご機嫌を取るために、今日は早く帰ってやつの好物でも作ろう
——東海林がそう思っていたところで来客があった。

「甘利《あまり》様、よくいらっしゃいました」

兄が笑顔で出迎える。

「やあ、こんにちは。近くに来ていたので、ご挨拶《あいさつ》をと思いまして」

男はにこやかに挨拶をする。東海林はふとデジャヴを覚えた。

どこかで見たような気のする顔だが、思い出せない。まだ三十に届かないくらいの若い男で、さりげなく着ているスーツは高級品だ。ブランドがうんぬんではなく、生地がよくてきっちりと仕立ててある。型はごくスタンダード。イタリアで縫製《ほうせい》してきたというよりは、国内の一流テイラーの仕事に見える。こういうスーツを着ているのは成金というより、生まれたときからお金持ちという場合が多い。東海林も挨拶をすべく、上着のボタンがきちんと留まっているのを確認して兄の後ろに立った。

「達彦、こちらは甘利インターナショナルの常務でいらっしゃる、甘利喜一《きいち》様だ」

「では、先日の『千葉叢星《そうせい》パリ展』の……。その節は大変お世話になりました」

千葉叢星は茜の父であり、日本屈指の有名画家である。東海林美術も何点か作品を預からせてもらっているのだが、その千葉氏が春にパリで個展を開催した。その際の後援となったのが高級家具輸入業を手掛けている甘利インターナショナルなのだ。現地に赴いた兄から、「甘利の跡取りに会ったよ」と話は聞いていたが、想像以上に若い。

「こちらは弟の達彦です」

「弟さんですか。はじめまして、こちらこそお兄様には助けていただきました。僕は父と違って美術にはとんと疎《うと》いもので……ハハハ」

いえいえご謙遜《けんそん》を……と言いたいところだが、東海林はただ笑顔を揃えるだけにした。この若い常務が美術オンチなのは事実らしい。家具屋だけにチッペンデールくらいは知っていたようだが、絵画となるとルノアールとロートレックの区別もつかない。だがそれを隠そうともせず、「だって、ちょっと似てませんか。アハハ」と笑い飛ばすあたり、なかなか豪快だったと兄も笑っていた。一昨年に前社長だった実父を亡くし、今は現社長である伯父《おじ》のもとで経営者としてのノウハウを学んでいると聞いた。

名刺を交換し、三人で接客スペースに腰掛ける。

甘利はいまひとつ摑み所のない男だった。いかにもお坊ちゃん育ちの穏やかで屈託《くったく》のない話しぶりだが、その笑顔はどこか作り物っぽい。まあ、立場上いろいろな人間と会うのだから、いちいち心からの笑顔は見せられないだろう。

しばらくパリの話などをしていたが、途中で兄に電話が入った。失礼します、と事務所に消えていった兄に代わって、今度は東海林が千葉画伯の話をする。

「あの先生、ウーンしか言わないから意思の疎通が難しくて……お兄さんがいてくださって助かりましたよ」

「ええ、千葉先生のウーンには私もいつも困っています」

そう答えながら東海林は内心で首を傾げていた。見れば見るほどに、記憶にある顔なのだ。絶対にどこかで見たはずなのに思い出せない。商売柄、人の顔と名前を覚えるのが得意な東海林には珍しい。

「千葉先生のマネージャーさんは、お嬢さんなんですって？」

「はい、茜さんですね」

受付嬢兼事務員の淹《い》れてくれたコーヒーを飲みつつ、甘利は「彼女は面白い人でした」と言う。

「マンガがお好きなんですってね。僕はあんまり読まないのですが、それでも美術品よりはわかりますし、高校の頃の友人が……」

真っ白なジノリを口元に近づけたまま、甘利が言葉を止める。東海林の背後、ギャラリーの戸口付近を凝視《ぎょうし》していた。「どうぞ、ご覧になってください」と客を促《うなが》す受付嬢に対し、「え、ええと」と口籠もる声を聞いて、東海林は振り返る。

「に……」

「二木くん！」

東海林より先に二木を呼んだのは甘利だった。東海林も驚いたが、二木も、え、という顔で甘利を見ている。甘利はソファから立ち上がり、まだ受付近くに突っ立っている二木にずんずん迫りながら「うわあ、すごい偶然だな」と大袈裟な感嘆声を出す。

「こんなに立派になって……と言いたいところなんだけど、あんまり変わってないあたりに僕は今感動してるよ」

「……えーと」

「ハハ、僕のこと覚えてないんだろう？　きみらしい。んー、こうしたらわかる？」

甘利は軽く上げていた前髪を、右手でパラリと額に下ろした。すると二木は五秒ほど考えたあと、まともに甘利を指さして「あ。先輩」と言った。

「あたり！」

満面の笑みでガバリと二木を抱き締める甘利を見て、東海林は凍りついた。

おまえはどこのフランクなアメリカ人かっ、と言いながら後頭部をしばいてやりたいが、さすがにそれはできない。負のオーラを発しつつ、ぽかんとしている二木を睨んではたと思い当たる。

あいつだ。あの写真――二木の高校生時代のスナップに写っていた茶髪の男。あれがまさしく甘利ではないか。

「し、東海林」

抱きつく甘利から離れようともせず、二木は困ったように東海林を呼んだ。東海林は自分に笑顔キープを言い聞かせながら「驚きましたね」とふたりに歩み寄る。

「甘利さん、二木と面識が？」

尋《たず》ねながら、さりげなく二木の肩を摑んで両者を引き離す。

「え、ふたりは知り合いなの？」

「幼馴染みなんです」

「おお、それはまた奇遇。僕たちは同じ高校だったんですよ。僕のほうが一級上で、ふたつ年上だけど」

それでは計算が合わない。つまり、留年経験があるということなのだろうか。はっきりとは聞きにくくてためらう東海林を察し、甘利は自ら説明した。

「子供の頃はほとんど海外暮らしだったんです。おかげで日本に戻ってから勉強についていけなくて、中学三年で戻ってきたんですが、二年生のクラスに入れられました。いきなり受験は無理だろうって。なにしろ、日本語よりイタリア語のほうが得意でしたからねえ」

「そうでしたか」

東海林は頷いた。それならば、この金持ちのボンボンが二木と同じ高校……はっきり言えば、かなり学力レベルの低い高校にいたのも納得できる。

「二木、どうした。なにかあったか？」

「あ……ええと……」

もじもじしたまま二木は答えない。髪は跳ねているし、着ているシャツはシワシワだし、せっかく夏用のいい靴を買わせたのにまたゴム草履《ぞうり》を履いている。

まあ顔はちゃんと洗ってあるようだから、不潔な印象はないのが救いだ。

もの言いたげに東海林を見上げる二木の目に、ふと思った。もしかして、二木は東海林を迎えに来たのだろうか。出張前の一件を反省している意思表示なのだろうか。そうだとしたら、可愛いところがあるではないか。

「二木くん、ほら髪の毛跳ねてるよ?」

「あ」

甘利が二木の頭に触れる。ものすごく気安く、まるで自分の家族か、でなければ恋人であるかのような触れ方だった。

「今は伸ばしてるの? 相変わらずコシのない髪だなあ。今度僕の使ってるシャンプーを送ってあげよう、すごく髪にいいから」

「う」

小さな声は上げるものの、二木は抵抗しない。東海林以外の他人に触れられるのは苦手なはずなのに、いつものようにスススと東海林の後ろに逃げてこないのだ。

「耳の後ろ、ちゃんと洗ってる? いつもここ洗い忘れてただろ?」

「あう」

甘利の指が二木の頰の横から耳へと滑り込んだあたりで、東海林は自分のこめかみがヒクリと脈打つのを自覚した。顎に触れるふりをして、指先で引きつった口元を修正していると、兄が事務所から出てきて「おや?」と二木と甘利を見た。

「甘利さん、二木くんとお知り合いなんですか？」

「ええ、高校時代の後輩です。まさかここで会えるなんて思ってもいませんでした」

そうでしたか、と兄は愛想よく微笑み、東海林に向かってとんでもないことを言い出した。

「達彦、せっかくだから三人で食事でも行ってきてはどうかな」

「……食事《メシ》、ですか」

この面子でメシを食えというのか。

もちろん兄は東海林と二木を、単なる腐れ縁的幼馴染みとしか思っていないがゆえの発言である。わかってはいるが、この三人で食事などしたら東海林の胃がどうにかなりそうだ。そもそも、全身総額百万は下らない甘利と、総額五千円行かないかもしれない二木を連れて、どんな店に行けというのだ。

「ああ、ぜひそうしたいんですが、今夜は先約があるんですよ」

心から残念そうに甘利が言ったとき、かなり安堵した東海林である。だが甘利が続けて「そっちキャンセルしちゃおうかなあ」とぼやくので、慌てて「また別途で席を設けさせていただきます」と口走ってしまった。言った以上はいつか実現させなければならず。内心で舌打ちはしたものの、今夜いきなりよりはましだろう。

「そう？　嬉しいな。……ああ、そろそろ時間だ。二木くん、これ僕の名刺。で、こっちが……ちょっと待ってね」

名刺の裏にサラサラと電話番号をもうひとつ書いた。

「こっちは自宅ね。どっちでも、いつでも連絡してきて。本当にいつでもいいよ。早朝から深夜までOKだから」

ハア、と二木がいつものぼんやり顔で受け取る。甘利は両手を使い、もう一度二木の髪を整え、そのあと両肩をポンポンと叩き、「待ってる」と笑った。

兄にもう一度挨拶をして甘利は帰った。そのすぐあとに、東海林も「今日はもういいぞ」と兄に言われて早上がりすることにする。

帰り支度《じたく》をしつつ、どっと疲れが出た。

よりによって、自分の仕事場で甘利と二木が再会するなんて、どういう偶然だろう。あの写真を見つけたのは、なにかの予兆だったのか。だとすれば、吉兆か、凶兆か。

二木はギャラリーの中にはいづらいようで、三十分ほど近くの書店で時間を潰して待っていた。東海林が出張用のカートを引きながら店の前まで来ると、親を見つけた子供みたいな顔で、パタパタと駆け出てくる。

「それ、俺、持とっか」

カートを引きたがるあたりも子供っぽい。

真っ直ぐに引くのが下手な上、すぐに飽きるのを知っているので、東海林は「大丈夫だ」と辞退しておいた。カートもあるというのにちょうど電車の混む時間帯になってしまったので、タクシーで帰ることにする。

タクシー乗り場に向かいながら、東海林は甘利について聞こうかどうか迷っていた。

ふたりがいかな関係だったのか東海林は知る由《よし》もないし、興味もないのだが――嘘だ。興味はある。興味というよりもっとネガティヴな感情だ。嫉妬に近い。近いというか、嫉妬なのかもしれない。しかし顔には出さない。過去の男と決まったわけでもないのに嫉妬するなど、みっともないことこの上ないではないか。

「びっくりしたなー、先輩があんなとこにいて」

ぐるぐると東海林が悩んでいるうちに、二木から言い出してくれる。しめたとばかりに、東海林が「甘利さんか？」と話に乗る。

「……そんな名前だったっけ？　先輩先輩って呼んでたから名前とかあんま覚えてない」

「おいおい。親しかったんだろ」

「親しかった……のかなあ……？」

自分のことなのに、二木は首を曲げて考える。

「部活の先輩なのか？」

「マン研？　まさか。あの人そんなにマンガ読まないよ。子供のときは外国にいたんだって。アメリカだったかな」

「フランスとイタリアだ」

おまえの先輩なのに、なんで俺が説明するんだ――と思いつつも、二木の記憶がいいかげんなのが嬉しい。二木にとって重要な人物だったら、もう少しちゃんと覚えているだろう。少なくとも名前くらいは。

「ああ、そっか。どっちにしろ外国って日本ほどマンガがないじゃん？　俺と知り合ってから、ちょっとは読むようになったんだと思う」

「部活も違って学年も違って、どうして親しくなるんだ」

「それが俺も不思議なんだけど……なんか、いつのまに」

ぺたりぺたりとゴム草履で歩きながら二木は言う。

「最初は……なんだっけなあ……廊下かなんかでぶつかって、俺が焼きそばパン落として……あっ、そうだ、それを先輩が踏んだんだよ！　思い出した！　ちくしょう、俺の焼きそばパン！」

ずいぶん昔に遡り、二木は思い出し怒りを始めた。食べ物に関することだけはきっちり記憶に残っているらしい。

「……で、どうしたんだ？」

「先輩が謝ってくれて、代わりの焼きそばパンと、あとメロンパンとブリックのイチゴ味も買ってくれて……あ、いい人かもなーとか思って」

安い。

焼きそばパンとメロンパンとジュース……なんと安い男なのだろう。たったそれだけで懐柔《かいじゅう》される二木の様子が目に浮かぶようだ。

「それから、なにかにつけて、寄ってくるようになった」

「寄ってきて、なにをするんだ？」

「だから……昼に食べきれなかったパンもらったり、間違って二個買ったジュースもらったり」

それは食べきれなかったのではなく、わざと二木の分を買っていたのだ。ジュースも同じである。どうやれば間違って二個買うというのだ。普通は察するものだが、二木は言葉どおりに受け取ったのだろう。そのへんはなんというか、二木なのでしょうがない。

「英語の辞書忘れて借りたりとか……あと、あと教科書も」

そうか、と頷きかけて東海林は気がつく。変ではないか。

「待てよ。学年が違うのに、教科書は借りれないだろ」

「俺がよく忘れるからって、一学年下のをひと揃い持っててくれたんだ」

「去年自分で使ったものを、か?」

「さあ? でも名前とか書いてなかったし、きれいなままだったけど」

買ったのだ――東海林は確信した。二木のために、ひと揃いを手に入れたのだろう。

「たまに、休みの日に呼び出されてメシにつきあわされたり」

つきあわせたのではなく、二木のためにセッティングしたのだ。

「映画もよく行ったかな。ひとりじゃつまらないからって言われて……でも映画の趣味は似てるみたいだから、俺的にはラッキーっていうか」

違う。二木の好きそうな映画を選んでいたのだ。

「あとさあ。毎朝、俺のクラスに来て、髪とかすんだよね。寝癖直しのスプレーまで持参して。変な人だろ? ……あ、タクシー来た」

答えようがない。

ここで「変な人だな」と答えると、自分も変な人になってしまう東海林である。とりあえずタクシーに乗り込んでアパートの住所を告げた。

つまり、甘利と東海林は同類の人間なのだ。世話焼きタイプと言ってしまえば簡単であるが、もっと根が深い。東海林の場合『二木の世話を焼かずにはいられない』わけであり、それが恋愛感情と密接に繋がっている。甘利の場合はどうだろう。単に『小汚いものを見ているときれいにしたくなる』……言ってみれば、焦《こ》げた鍋《なべ》をピカピカにするのが好きというような、そういう人間なのか？　風変わりな趣味だが、実際に存在する。

「二木」

「あ？」

「……甘利さんは、彼女いたか？」

タクシーの後部座席で、二木は「しんない」とあっさり答えた。そしてふとなにかに気づいたかのように大きな目を見開き「あっ！」と声を出す。なにかあったのかと、ドライバーがぎくりとするのがわかった。

「違うぞ！　甘利さんと俺、そういうカンケーと違うから！」

「ああ」

「俺、男とやったの東海林が初めてだもん！」

なんとでかい声で宣言してくれるのか。

肩と背中に力が入ったドライバーをちらりと見て、東海林は「……わかってる」と繰り返した。

ただでさえ熱っぽいというのに、ますます体温が上昇しそうだ。

二木に同性との性経験がなかったことは、抱いた東海林が一番よくわかっていた。従ってそういった心配はしていないのだが……やはり気に入らない。

これ以上ないほど大切に飼っていた猫が、散歩の途中でよそからずいぶんいいエサをもらっていたらしい——あえて言うとそんな感じだろうか？　違うような気もするが、ほかにいい喩えが思いつかなかった。

アパートまでもうすぐになった頃、やおら二木が「俺、思うんだけどさ」と言い出した。

「なにを思うって？」

「やっぱり、人はジリツしなきゃいけないよな」

「は？　なんだいきなり。……あ、次の交差点の手前で止めてください」

自立なんて言葉、おまえの辞書にはないだろうにと思いつつ、東海林は財布からタクシー代を取り出す。

「自分で金を稼ぐだけじゃだめなんだよな。身の回りのことも、ひととおりできて初めてオトナっていうか」

「しごく真っ当な意見だが、おまえが言うか？　……ほら、先に降りてろ」

なぜか目を合わせてくれない中年のドライバーに料金を支払い、東海林もタクシーから降りた。

「俺もさ、いわゆるオトナの階段を上ろうかなって思うわけ」

二木はまだそんな話をしている。

「俺たちが今上るべきは、アパートの外階段だ。こっちのバッグ持ってくれ」

「ん」

カートを抱え、東海林はえっちらおっちらと二階へ上がる。やはり重い物を持ち上げると首が痛んだ。むしろカートを二木に持ってもらえばよかったと思うが、今さら交代するのも面倒でそのまま足を進める。

「おまえにあんまり、世話かけちゃいけないっていうか」

「……おまえ、なんか悪いもんでも食ったのか？　ちゃんと薬を飲んだほうがいいぞ。鍵、すぐ出るか？」

うん、と二木が部屋の鍵を開けてくれる。小作りな横顔は小鼻が膨らみ……なにか企《たくら》んでいるというか、自慢げというか、そんな表情だった。

なぜ二木がそんな顔をしていたのか、理由はすぐにわかった。

カートを玄関近くに置いたまま、二木の仕事部屋兼居間に立ち、東海林は言葉を失う。

なんということだ。部屋が片づいている。

きれいだ……というわけにはいかない。東海林ならば見逃さない埃が目につくし、ひっくり返しに脱いだままのシャツがソファに乗っている。二木が慌ててそのシャツを取って後ろ手に隠すと、ちょっと恥ずかしそうに笑った。

「……驚いたな」

「へへ」

「おまえが掃除したのか」

「決まってんじゃん。ほかに誰がすんだよ」

得意げに答え、二木はまた鼻の穴を膨らます。顎を少し上げた顔は「ほめてほめて」とねだる子犬のようで可愛い。きっと、出かける前のわがままを反省したのだろう。言葉にして謝ることはできないが、こうして掃除をしておくことで謝罪の意を示したのだ。

これは成長といえる。大成長である。

感動すら覚えつつ、東海林は二木を見て「えらいぞ」と言った。短かい言葉だが、感慨深さは伝わったのだろう。二木は頬を染めて「ふ、ふつうだろ」と照れた。確かにこの程度は普通だが、子供は誉《ほ》めて伸ばさなければならない。

とりあえず背広の上着をかけて、改めて誉めてやろう。そう思った東海林が押し入れを改造したクローゼットを開けたとき——その悲劇は起こった。

「あ！　そこはダメ！」

「え？　……な……うわ……ッ！」

最初に襲いかかってきたのは、分厚いマンガ雑誌だった。

その背表紙がまともに東海林の眉間にぶち当たり、脳裏に火花が散る。あまりの痛みに目を閉じたままで顔を覆い、ドドドド、バサバサバサ、バキバキドスンという轟音《ごうおん》を聞く。

「ぎゃあ！」

顔を覆ったまま、再び東海林が叫んだ。

なにか硬いものが足の甲に落下したのだ。なんとか目を開けてみると、それは二木が以前使っていた古いライトボックスだった。ずっとデスクに出しっぱなしにしていたものだ。しかも、角の部分が刺さるように落ちてきたため、痛いなんてもんじゃない。東海林はその場で呻《うめ》きながら、片足立ちになって何度か飛び跳ねてしまった。

「し……東海林、だいじょぶ……？」

「これが大丈夫に見えるなら、目医者に行けっ」

「いや、あの……あっ、気をつけ……！」

二木の勧告は遅かった。クローゼットの前から離れようとした東海林は、なにかに足を滑らせてものの見事に転倒する。尻をドシンと床に打ちつけ、おそらく階下の住人はなにごとかと思って天井《てんじょう》を見上げたことだろう。

「げほっ……げほげほげほ、げふふっ、がふっ、……ぶえっくしょんッ！　……ごふ……」

舞い散る埃の中で激しく咳《せ》き込み、やがて東海林は力尽きた。

もう、ものを言う気力もなく、クローゼットの雪崩《なだれ》の中に身を横たえる。

雑誌、衣類、紙類、お馴染みの宅配ピザの箱に、出し損ねたゴミ袋、ライトボックスなどの画材、その他諸々《もろもろ》に身を埋めたままで溜息をつく。眉間と、足と、尻のどこが一番痛いだろうか。判定は難しい。互角の勝負である。ついでに言えば、今の転倒で首もまた痛くなった。

「東海林……」

「……二木。こういうのは掃除とは言わない」

ぺたりと座り、東海林を覗き込んでいる二木にげんなりと告げた。

「邪魔なものを移動させただけでは、掃除とは言わないんだ」

「あの……どこにしまったらいいのか、わかんなくて……」

東海林はゆっくりと上半身だけ起き上がり、乱れた髪もそのままに周囲を見渡す。

なにで足を滑らせたのだろうと視線を動かすと、右の靴下にバナナの皮がくっついていた。バナナの皮で転ぶなどというのは、一種の都市伝説のようなものかと思っていたのだが本当にあるらしい。しかも家の中でだ。

「おまえってやつは……」

深い溜息が出た。

最初の感動があっただけに、落胆もまた大きかった。いっそ、いつものように散らかったままのほうがどれほどましなことか。

「しょ……」

「本当に、おまえにはがっかりさせられる」

「……」

「なにが一人前だ。自立だ。クローゼットにバナナの皮を突っ込むやつは、百年かけたって自立できるもんか。……クサイな。おまえ、生ゴミも入れただろ」

頭が痛い。

この状況のせいなのか、風邪が悪化しているのかはわからないが、とにかく痛い。

「こういうのは勘弁してくれ。かえって迷惑だ」

二木の顔が青ざめる。東海林が二木に向かって「迷惑だ」と言い放つなど滅多にない。

「おまえがなにもできないのは知ってる。いやになるほど知ってる。べつに期待もしていないし、諦めもついているんだ。余計な真似はしなくていい」

きつすぎる。自分でもそう思った。

二木に悪気はない。これっぽっちもない。それはわかっているのに言葉が止められない。ひどく苛々《いらいら》している自分に気がついていた。出張前に見せた二木のわがままぶりや、甘利にべたべた触らせたことや、部屋をゴミ溜にしてしまったこと——ひとつひとつは許せるのに、まとめて思い返すとだめなのだ。苛ついて、我慢できない。感情のコントロールが効かない自分に嫌気がさし、ますます気持ちがささくれ立つ。

「……どうせ、俺はなんもできねえお荷物だよ」

二木の声が震えている。

激しい頭痛の中で、東海林は「そんなことは言ってないだろ」と不機嫌に返した。

「頭は悪い、仕事はとろい、掃除ひとつまともにできなくて、いっつもおまえにおんぶに抱っこで……！　で、でも俺だって、頑張ればやれるはずなんだ！」

「その結果がこれだろうが。……つつ……どいてくれ二木。片づける」

あちこちを庇《かば》いながら東海林は立ち上がる。バナナの皮つき靴下は不快きわまりなく、すぐに脱いだ。

「お、俺も……」

「いい」

「……な、なにをどうすればいいのか、教えてくれよ。そしたら、俺にだってできるから」

懇願に近い声音は可哀相なほどだ。いつもの東海林だったら「バカ、気にするな」と抱き締めてやったことだろう。今日に限ってなぜそれができないのか、東海林自身にもわからない。軋《きし》むように痛む首に手を当てて「邪魔なんだ」と冷たく繰り返す。

二木は俯き、それ以上はなにも言わず寝室に籠もった。

東海林は発熱に間違いない寒気を感じつつも、黙々と部屋を片づける。いや、咳《せき》がやたらと出るので黙々とは言えないかもしれない。なんとか落ち着けるまで片づけて、水を一杯飲んでからソファに座り、やっと体温計を脇に挟んだ。

しばらくすると軽やかに電子音が鳴る。デジタル表示を見た東海林は眉を顰め、思わず声に出して「嘘だろ」と呟いてしまった。

三十八度一分。

道理で頭も痛むはずだ。明日も仕事だというのに、これはまずい。

寝室の扉を開けると、予測どおり二木はベッドで蓑虫となっていた。

「二木」

「俺は風邪を引いたらしいから、もう休む。おまえに移すといけないから、今夜はこっちのソファで寝るぞ」

「……風邪？」

頭だけをぬうと出して、二木が聞いた。

東海林は「ああ」とだけ答え、自分の夏掛け布団をベッドからはぎ取る。ベッドはダブルが一台だが、二木の蓑虫グセがあるため、上掛けは一枚ずつ使っているのだ。

「悪いが、夕食は作ってやれない。冷凍庫になにかしらあるだろ？」

「う、うん……」

「ちゃんと歯を磨いて寝ろよ」

「ん……」

ろくに返事もせず、また蓑の中に埋没《まいぼつ》する。

東海林の具合を心配する素振りも言葉も一切ない。そんな気の利く男ではないとわかっているが、あからさまな溜息は殺せなかった。二木の耳にも届いたのか、びく、と蓑虫が震える。まるで東海林に怯《おび》えているかのようだ。

さっきは俺も言いすぎた。

気にしなくていい、大丈夫だ。

掃除の仕方なら、今度教えてやるから。

可哀相な蓑虫にそう言ってやろうかとも思ったが、結局やめた。可哀相なのはむしろこっちだ。

改めて足の甲を見ると無残な痣《あざ》ができている。右手で首を支え、足を軽く引きずり、左手で上掛けを抱えた東海林は、もはやエイトビートを刻んでいる頭痛と戦う。

早く薬を飲んで寝てしまおう。

明日具合がよくなれば、もっと二木にも優しくできるはずだ。いつものように大らかな心で接してやれるはずだ。人間なんだから、たまにはこんな日もある。

呟き込みながら、東海林はそう自分に言い聞かせた。


翌朝、東海林の熱は三十七度五分まで下がっていた。

まだ咳は出るが、仕事を休むほどではない。東海林は顔を洗い、起きてくる様子のない二木のためにフレンチトーストを作ってやった。

タマゴを牛乳で溶き、耳を落とした食パンを浸《ひた》す。耳のないふわふわのフレンチトーストは二木のお気に入りだ。耳は捨てず、自分で食べる。

キッチンの様子からして、二木は昨晩なにも食べていないらしい。少し可哀相なことをしてしまったという引け目があるので、タコさんウィンナとハッシュドポテトもつけておく。ハッシュドポテトは冷凍ではなく、ジャガイモの千切りから作った。あとはマグカップにティーバッグと角砂糖三つをセットし、お湯を入れればいいだけにしておく。我ながら完璧だ。

スーツの上着を手にして、寝室に声をかける。

「二木」

返事はないが、予想の範疇《はんちゅう》だ。空腹で目は覚めているだろうから、東海林が出勤すればごそごそと起きてくるに決まっている。

「朝飯できてるぞ。フレンチトーストだから、冷めないうちに食えよ。……今日は早めに帰れると思うから」

固まったままの蓑虫が、返事をしようかどうか迷いまくっているように見えるのは、満更《まんざら》気のせいでもないだろう。日を持ち越す小さなケンカは今までもあったし、そのときの二木はいつもこんな具合だ。半日経つとすっかり機嫌も直り、帰宅する頃にはまた東海林にまとわりつくようになる。拗ねていたあいだのぶんまで取り戻そうとするかのように、しばらくはくっついて離れないほどだ。

「じゃあ、いってくる」

返事を待たずに東海林はアパートを出た。

白い雲の遠い夏空を見上げて、今日も暑くなりそうだなと思う。

予想どおり、その日の都心部は今夏一番の気温を記録した。東海林は特に外出の予定もなく、体調もいまひとつだったため、涼しいギャラリーで一日を過ごした。何組かの来客に応対し、書類をいくつか片づける。

夕方には千葉茜が顔を出した。今日はオフなのか、涼しげなブルーのワンピース姿だ。

「仕事の話じゃないんだけど……ちょっと気になって」

ビアホールでの一件だろう。東海林は苦笑を零し、茜をソファに誘った。ちょうど兄も受付嬢もいないので、自らコーヒーを淹れる。

「あのあと、ルコちゃん大丈夫というか……実は、昨日の話なんですがね」

「大丈夫?」

東海林は掃除がされていたようで、実はされていなかった部屋の話をした。バナナの皮のくだりで、茜がコーヒーを噴きそうになる。慌ててハンカチで口を押さえ「鼻からコーヒー出た」と苦しそうな声を発した。

「わ、笑っていいとこよね……?」

「まあ、笑うしかないでしょうね」

「ルコちゃんらしいというか、なんというか……でも、健気《けなげ》ねえ。東海林さんの役に立とうと思ったのね」

「結局、いつもより掃除が大変でしたよ。半端に手を出されると、かえって大変だ」

しみじみ呟いた東海林に、茜は「なんか、ダメ亭主を持った妻みたい」と言う。意味がわからず、東海林は軽く眉を寄せた。

「ほら、いるじゃない。夫に家事を手伝わせたいけど、自分が思ったとおりにやってくれないから、結局諦める妻。洗いものをしてくれるのはいいけど、水をザーザー出すのが気に入らないとか、掃除機をかけてくれるのはいいけど、隅っこまでやってないとか」

「なるほど。気持ちはすごくわかりますね。ただ、二木の場合四角い部屋を丸く掃き、なんてレベルじゃないから」

「確かにね。でも……大切にしてあげたほうがいいんじゃないかな、そういう気持ち」

「そういう？」

「自分でやろうとする気持ちよ」

茜の返答に、東海林はフッと笑った。

「あいつは、今のままでいいんです」

「今のまま？」

「ええ。昔からああなんだし、今さら進歩は求めませんよ。おかげでこっちの家事スキルは上がったし、面倒見るのは嫌いじゃない」

朝起こし、食事をさせ、着るべき服を着せ、仕事が行き詰まれば励ます。

二木と暮らし、二木の面倒を見て、二木を抱く。

東海林自身が選択したことだ。昨日は自制が効かずに声を荒らげてしまったが、体調も戻りつつある今日ならばもう大丈夫である。二木が部屋の真ん中でマヨネーズとケチャップと醤油瓶《しょうゆびん》をひっくり返していても、冷静に処置する自信があった。

「……それって、どうなのかなあ？」

茜がやや遠慮《えんりょ》がちな声を出した。

「なんか、ルコちゃんがせっかくやる気を出したのにもったいなくない？」

「どうせすぐに飽きます」

「うまくいけば、東海林さんの負担だって減るし」

「負担というか、運命だと思ってますから」

「運命……なんか、すごい受け入れ方ねえ」

感心したのか呆れたのかわからないが、茜が目を見開く。

「東海林さんが納得しているならいいと思うけど……気をつけてね」

「なにをです？」

「過度の依存はよくないかなって」

「大丈夫ですよ。あいつに依存されるのは慣れっこです」

東海林が言うと、茜はまだなにか言いたげな視線をしばらく向けていたが、やがて「そうね」と小さく呟いて目を伏せた。

そのあとは、父である千葉画伯の奇人ぶりに関する愚痴《ぐち》など、いつもとそう変わりのない雑談となる。帰り際、茜はデパ地下で買ったという菓子折を「ルコちゃんに」と渡してくれた。

「生菓子だから、早めに食べてね」

「ありがとうございます」

東海林は礼を言い、茜を出口まで見送った。まだ表は明るいが、もう夕刻だ。さらに一時間くらい経った午後六時すぎ、戻ってきた兄にあとを任せて、東海林はギャラリーを出た。

途中でスーパーに寄って食材を買ってから、アパートへと戻る。

今日は暑かったので、少し辛めのカレーを作るつもりだ。二木は週に三回カレーでもいいと宣言するほどのカレー好きである。カレー、オムライス、焼きそばにホットケーキ……つまり二木の嗜好は、小学生の好きなメニューランキングとあまり変わらない。

もうひとつ角を曲がれば、古くてぼろいが、身体に馴染んで住み心地《ここち》のよいアパートが見えてくる──その寸前で、東海林は悲鳴を聞いた。

なにごとかと思い、走る。アパートの全景が見えた瞬間、心臓が凍りついた。

煙だ。

通路側の窓から尋常ではない煙が立ち上っている。間違えようもなく東海林と二木の部屋だ。悲鳴は通りがかりのお年寄りで、駆け寄ってきた東海林を見つけると「か、火事だよお兄さん。火事だあ」と煙を指さした。

あまりに驚くと人間は声も出ないというのは、本当だった。

頭が真っ白になり、身体が強《こわ》ばって動けない。おそらく時間にすれば数秒なのだろうが、東海林は呼吸すら忘れていた。だが次の瞬間、部屋の中に二木がいるかもしれないという可能性に戦《せん》慄《りつ》し、スーパーの袋をかなぐり捨てて外階段を駆け上がった。

「だめだよ、お兄さん危ない！」

階段の途中でお婆《ばあ》さんに「１１９番をお願いします！」と叫ぶ。

素人《しろうと》が火事の中に飛び込むのは危険だとわかっている。誰かを助けようと共倒れになった例も聞いたことがある。それでも東海林は部屋に入っていった。煙が出ているのはキッチンの窓だ。

遠いほうの扉を開けようとするが、手が震えて鍵がうまくささらない。

「ちくしょう！　二木！　二木！　今行くぞ！」

やっと回ったドアノブを握る手は緊張でひどく冷たくなっていた。二木の仕事場からキッチンへと回る。火柱を上げているのは天ぷら鍋だ。

「し、東海林」

二木は無事だった。バケツを抱えて、へっぴり腰で立っている。怪我はなさそうだ。

「二木、離れろ」

「しょ……で、電話が……カツ作ろうとして、電話が……」

恐怖でろれつが回っていない。二木の抱えているバケツに水が張ってあるのを見て、東海林はぎょっとする。ゴオッと音を立て、いっそう高くなった火柱に二木が怯え「み、水かけなきゃ」とバケツを構えた。

「二木、だめだ！」

「火、火が……っ」

天ぷら油の火災に水は厳禁である。

燃えさかる油に水を注げば、水蒸気が一気に発生して発火した油が飛び散り、延焼や大火傷《おおやけど》の原因にもなる——などと説明している余裕はない。バケツを抱える二木を後ろから羽交《はが》い締《じ》めにして止め「危ない！」と叫びながら、コンロから遠ざけた。その際に二木より前に出たため、火の粉が髪とワイシャツに飛び、慌てて叩き消した。

ものすごい熱気だ。あの火柱が天井に届いたら、あっというまに燃え広がる。古い木造のアパートなどひとたまりもない。

「し、東海林ぃ」

「二木、向こうのドアから逃げろ」

「や、や、やだ。ひとりじゃいやだ！」

しがみつく二木を引き剝《は》がせないまま、東海林は消火器を探していた。確か一本用意してあったはずだ。東海林が準備したわけではなく、大家が各世帯に配っていたのが……あれはどこに置いたのか。

思い出すまでの数秒が何分にも感じられる。

東海林は冷蔵庫と壁の隙間《すきま》に腕を突っ込んだ。ここだ。この隙間がちょうど消火器のサイズと合っていて、特になにも考えずに入れておいた。

「二木、逃げろって！」

「う、う、東海林ッ」

怯える二木は東海林の背中から離れない。

仕方なく、東海林はそのまま消火器を構える。使い方は知っていた。美術品を扱う商売をしている以上、ギャラリーに火災はあってはならない。万一のときは最小限の被害で食い止められるよう、父に言われて消火訓練を受けさせられていたのだ。

「くそっ……！」

消火器は埃まみれだった。耐用年数があるはずだと思ったが、そんなものを確認している余裕などない。とにかくピンを抜き、ホースを天ぷら鍋に向かって構えた。

レバーを強く握り、薬液を噴射する。

しがみつく二木の力が強くなり、邪魔ではあったがどけている暇はない。なにかがバリバリッと割れる音がした。近くにガラス瓶でもあったのだろうか。

恐ろしい炎の昇り龍は天井に届く寸前だったが、消火器の力は偉大だった。消火液は真っ白い煙となって火柱を押さえ込み、部屋中に充満する。狭いキッチンはあっというまに消火液まみれになり、視界がホワイトアウトした。

「けほっ……しょう、じ……」

「……消えたぞ。もう大丈夫だ」

消防車のサイレンが近づいてくる。外に人だかりができているのだろう。消えたのか、中に誰かいるのかと話している近隣住民の声が聞こえた。一気に緊張が解け、二木をくっつけたまま東海林の身体が少しぐらつく。

「こっ、こっ、こっ……怖かった……っ！」

二木がやっと背中から剝がれ、今度は正面から抱きつく。東海林もその身体に腕を回し、安堵の息をついた。

よかった。ちゃんと生きている。

少し髪が焦げたようだが、ほかに火傷もなさそうだ。

「おおお、俺っ、カレー作ろうとして……！」

なんでカレー作るのに天ぷら油なのか。その理由はすぐにわかった。二木はカツカレーが大好きなのだ。天ぷらではなく、カツを揚げるつもりでいたに違いない。

「ち……ちゃんと、ネットで作り方検索して！　で、でも、油をあっためてるときに電話がかかってきちゃって……！　し、東海林、ごめ、ごめんなさ……ひゃっ……」

必死に詫びる二木が、消火液まみれの床で足を滑らせた。

東海林にしがみついたままなので、おのずと東海林の身体もバランスを失う。力が抜けていたのと、足場の悪いのとで東海林もろともひっくり返ってしまった。

まただ。屋内で転倒するのは何回目だろうか。

だが今回はずるずると沈むような倒れ方だったので、どこかを強打したりはしなかった。相変わらずしがみつく二木を抱き締めたまま、東海林は天井を見上げて脱力する。

「ごめんなさい」

「……ああ」

素直に謝る二木が愛おしい。

いきなりカレーなど作ったのは、掃除を失敗したぶんを挽回《ばんかい》したかったのだろう。無茶をしたものだとは思うし、二度とこんなことはごめんだが、二木を責める気にはならなかった。背中に回した手を、ぽんぽんと優しく叩いてやる。

「ごめんなさい、東海林、俺……痛っ！」

二木が顔を上げ、ゴッッと鈍い音が聞こえた。身体のどこかがダイニングテーブルの脚に当たってしまったようだ。

平気か、と聞こうとした刹那《せつな》、東海林の目はとんでもないものを捉《とら》えた。

テーブルの端に、今にも落下しそうな鍋がある。

十中八九、カレーが入っているのだろう。

そんなものをなぜテーブルのぎりぎりに置くのか、東海林には理解できない。あるいは火が出てバタバタしているときに、その位置まで動いてしまったのか。とにかく鍋が落ちそうなのだ。

そしてカレーが入った鍋が、グラリと——。

逃げる暇などなかった。避ける暇もだ。

東海林にできたのは、カレーの鍋が二木の頭部を直撃しないように、熱いかもしれないカレーを二木が被《かぶ》ることのないように、自分の腕でカバーすることだけだった。

「ぐえっ……。し、東海林？」

二木の頭を抱き締める。落ちてくる、鍋とカレー。

色で言えば、白と茶色。

東海林の腕めがけて、落下してくる。映画だったらストップモーション撮影になりそうなシーンだが、現実は瞬《また》く間だ。

「……ぐ……ッ！」

我知らず、東海林は呻いた。

カレーの匂いにまみれて、呻いた。

カレーは冷めていた。たいして熱くなかった。

問題は、鍋が重かったことである。

東海林が愛用している煮込み料理に最適な鋳物《いもの》鍋は直径二十四センチ。重さは四キロを超えている。カレーの重さを足したら五キロに近いだろう。それが腕を直撃したのである。

「し、東海林、しっかりしてくれよう」

二木が慌てて起き上がり、何度も東海林を呼ぶ。だが今はあまりの痛みに返事ができない。

どかどかと足音が響き、消防隊員が部屋に入ってくるのもわかった。どうしました、と聞く大きな声に答えられるようになるには、今しばらくの時間が必要だった。

4

自分がバカだという自覚はあった。

勉強ができないという意味でもバカだし、一般常識に欠けているという点でもバカだ。それでも、他人を命の危険に晒《さら》すほどのバカだとは思っていなかった。しかも、この世で一番大切な人の命をだ。

「……ひっ……ひんっ……」

「ルコちゃん、大丈夫だって。ほら、もう泣かない」

「う、うぐ……うう……」

「煙も吸ってないし、火傷《やけど》もおでこだけだし……腕は、運が悪かったけど……」

病院の待合で二木《にき》を慰《なぐさ》めているのは編集者の佐伯《さえき》だ。二木が揚げ物をしている最中に電話をかけてきたのが佐伯だったため、責任を感じたらしく、ずっと付き添ってくれている。事情聴取のときも、まだ動揺の収まらない二木に代わって説明をしてくれた。

火事を出してしまったことにも、もちろん責任は感じている。

だがそれより、病院のベッドに横たわる東海林《しょうじ》を見るのがつらかった。重い鍋《なべ》から二木を庇《かば》い、左前腕を骨折。額の火傷には大きな絆創膏《ばんそうこう》が貼ってあり、熱も高いので点滴を受けている。

昨日から咳《せき》をしていたと二木が告げると、医師は「熱は風邪《かぜ》のせいかもしれませんね」と話していた。疲労が溜《た》まっているのと痛み止めの効果で、今は昏々《こんこん》と眠っている。一方の二木は恥ずかしいくらいの軽傷だ。前髪を少し焦《こ》がし、手の甲に小さな火傷を負った程度である。

「お……俺、東海林を殺すとこだった」

「大袈裟《おおげさ》だよ。結局被害はキッチンだけだったわけだし」

「東海林が来てくれたからだよ……俺、燃えてる油に水かけようとしてたんだ……さっき、消防署の人にそんなことしたら大変だったって聞いた……」

長椅子《ながいす》に腰掛けている二木はさっきからちっとも顔を上げられない。涙と鼻水で汚れているからなのもあるし、あまりの自己嫌悪《けんお》のせいでもある。

「それにしても……なんで油なんか……」

佐伯がポケットティッシュを差し出しながら聞く。続けざまに五枚引き抜いて、二木はやたらめったらに顔を拭《ぬぐ》った。

「カツ……揚げようとして……」

「カツ？」

「カツカレー作ってたんだ……東海林が、早く帰ってくるって言ってたから……けど……」

掃除をさせれば雪崩《なだれ》を起こす。炊事《すいじ》をさせれば火事を起こす。

洗濯はどうだ。今度は洪水を起こすのか？　いや、すでにそれはやったことがある。東海林の出張中に洗濯をしようとして、水を溢《あふ》れさせたではないか。

「俺は、ダメなんだ」

丸めたティッシュを握りしめて二木は言った。

「ルコちゃん」

「なにをしても、ダメだ。東海林になにもしてやれないで、してもらうばっかで――」

「そんなことないって。ルコちゃんだって、役に立つことはあるよ……その……ええと……」

佐伯はなんとか慰める言葉を探しているようだが、具体的に思いつかないのだろう。ちっとも言葉が続かない。

「こないだ、東海林が首にカラーつけてただろ。あれだって、俺が風呂場《ふろば》で足滑らせて、東海林もろとも転んだからなんだ……」

「あ。そうだったの……」

「そのあとも、東海林が風邪引いてるのに、俺がベッド占領してソファで寝かせた。……本当は、風邪なんて嘘じゃないかって思ったんだ。言い争ったあとだから、きっと俺と同じ部屋で寝たくないだけなんだって……」

よく考えてみれば、東海林はそんな子供っぽい真似《まね》をする男ではない。本当に風邪を引いていて、二木に移さないようにと気遣《きづか》ったのだ。おかげで今ぶり返し、高熱に苦しんでいる。

「……挙げ句の果てに、骨折までさせて」

――東海林さんをダメにするなよ?

そう言ったのは誰だったか。ああ、そうだ。律《りつ》だ。

──おまえはいいの？　自分のために、東海林さんがダメになってもいいの？　いいわけない。だから頑張った。これでも、一生懸命だった。その結果がこれだ。冗談でもなんでもなく……東海林は死んでいたかもしれない。

「そう落ち込まないで。東海林さんはすぐよくなるし、ちゃんと火災保険には入っていたんだし、カツカレーはまた挑戦すればいい。今度は東海林さんとさ」

佐伯は二木の背中を優しくさすりながら言う。

「明日の朝には、東海林さんも目を覚ますだろうって担当医が言ってた。今日のところは、ホテルに泊まるといいよ。さっき予約入れておいたから」

「……すみません……」

「なぁに言ってんの、ウチの大事な売れっ子作家じゃないか」

わざと明るく笑ってくれたが、二木はまだ上を向けなかった。

病院を出る前に、もう一度東海林の病室に寄っていく。

眠り続ける東海林の顔を見ていたら、あの夏に逝《い》ってしまった従姉《いとこ》を思い出して背すじがぞくりとする。東海林が息をしているか不安になって、そっと口元に耳を寄せた。

静かな呼吸音が聞こえてくる。

ああ、大丈夫だ生きている──そう思ったらまた新しい涙がぽろりと落ちた。

佐伯はホテルのフロントまで同行してくれた。小さなビジネスホテルで、佐伯の勤める麗才《れいさい》書房の近くだ。なにかあったらすぐに連絡入れてねと再三念を押し、帰っていった。

味気ないシングルルームに入ったのは、ずいぶん遅い時間だった。

ひとりでぼんやりとベッドの上に座り、二木は考えていた。東海林のことを考えていた。

東海林の素晴らしい点をいくつもいくつも頭の中に挙げた。どれもこれも、自分にはない美点ばかりだ。今さらだけれど、自分と東海林はまったく正反対ともいえる。

なのに、なぜ一緒にいるのだろう。

東海林はなぜ、二木なんかといるのだろう。二木を好きだと言ってくれるけれど、恋人として愛してくれるけれど、それで本当にいいのだろうか。こんな釣り合わない相手と一緒にいて、東海林は楽しいのだろうか。二木は火事まで起こすようなバカなのだ。

延々と続く自己嫌悪の中、一睡もできないままで夜が明けた。

二木はよろよろとベッドを降り、シャワーを浴びる。髪についた消火剤を洗い流し、喉が渇いているのに気がついてシャワーのお湯をごくごく飲んだ。

着替えはないので、脱いだものをまた着る。くたくたのTシャツに、ジーンズ。一度アパートに戻ればいいのだが、焼けたキッチンを見るのは怖かった。

東海林の熱は下がっただろうか。

二木はホテルを出て、病院に向かった。まだ早朝の街を歩くと、身体が妙に左右にぶれる。どうしてこんなにふらつくんだろうと考えて、昨日の夜からなにも食べていないのに気がつく。それでも空腹は感じない。意地汚い二木にしては珍しいことだ。

病院の救急搬送口から入り、東海林の病室に向かった。

ふたり部屋だが、今は東海林しかいない。白いカーテン越しにほの明るくなった病室で、東海林は昨日と同じように眠っている。毛布の下で、胸は規則正しく上下していた。二木はベッドの横に突っ立ったまま、なにをするでもなく、ただ東海林の顔を見つめた。

「……二木……」

呼ばれて、ぎくりとする。

目を開ける様子はない。どうやら寝言のようだった。

「二木……水は……ダメだ……」

眠ったままで東海林の眉根《まゆね》が寄る。火事の夢なのだろう。大丈夫、もう火は消えたよ、火事は終わったよ……そう言ってやろうと、身を屈《かが》めてベッドに片手を置いたとき、廊下から話し声が近づいてきた。

「こっちだ、父さん」

「あのバカ息子め。火事など出して……」

「いや、達彦《たつひこ》は消し止めたんですよ。火事を出したのは隣の友人で……ああ、この部屋だ」

二木は慌《あわ》ててベッドから離れる。病室の扉が静かにスライドし、背広姿の男がふたり現れた。ひとりは二木も知った顔の、東海林の兄である。もうひとりの年配者は父親なのだろう。

「あ、二木くん」

兄のほうはすぐに二木に気がついた。

「このたびは災難だったね。達彦……寝てるかな？」

「あ……は、はい」

「父さん、ここにいてください。僕はちょっと二木くんに話を聞いてきます」

「ああ」

東海林家の当主が頷《うなず》く。厳《いか》つい顔で、三《み》つ揃《ぞろ》いがよく似合う紳士だ。年齢的には五十くらいだろうか。東海林にはあまり似ていない気がする。二木が慌てて頭を下げると、相手も「ウン」と儀礼的な会釈《えしゃく》を返す。

二木は東海林の兄と病室を出て、エレベータホールまで移動した。

配膳台がガラガラと廊下を移動している。朝食の準備で看護師たちは忙しそうだ。整形外科なので、怪我《けが》以外はいたって元気な患者が多いらしい。松葉杖を突きながらも、待ちきれずに自分の食事を取りに来ている人もいた。

長椅子に、並んで腰掛ける。

「コーヒーでも飲む?」

自販機を見ながら東海林の兄に問われ、二木は首を横に振った。兄はそう、と軽く頷いて正面を向いたまま「仕事は順調?」と聞いた。

「お……おかげさまで……」

「それはよかった。そうそう、このあいだ書店できみの本を見たよ。きれいな色を使うね」

ありがとうございます、という礼の声はやたらと小さくなってしまった。東海林の兄が、本当に話したいのはこんなことじゃないのは、いくら鈍い二木にでもわかった。

「達彦のことだけれど」

ほら、来た。

「あいつとはもう長いつきあいだよね」

「……はい」

「小学三年生からだっけ。大親友ってやつだなあ」

はたから見ればそういう関係なのだろう。二木は嘘をつくのが得意ではないので、黙ったまま俯《うつむ》き、親指の爪を弾いていた。

「こんな機会滅多《めった》にないだろうから……この際話しておくけど。どうも最近の達彦は、きみに振り回されているみたいだ」

「振り回されて……？」

「ああ、誤解しないでね。きみを責めているんじゃないんだ。あいつが好きでやってるのは承知しているし、画廊の仕事に手を抜いているというわけでもない。そういうことのできる性格でもないし……我が弟ながら、なかなか真面目《まじめ》なやつだから」

「……はい」

知っている。東海林は真面目な男だ。サボり癖の強い二木とはぜんぜん違う。

「真面目なだけに……無理をしてしまう。画廊の仕事もきちんとこなし、きみの手伝い……マネジメントといえばいいかな？　それも熱心にしているだろう？　ときどき、ギャラリーの事務所で死んだように仮眠を取っているあいつを見ると、兄としてはいささか心配でね」

「……す……みません……」

ほかになにが言えるだろうか。

東海林は二木に、疲れている顔を見せない。仮眠を取っている二木を起こすことはあっても、東海林が仮眠を取っているところなど、二木は見たこともないのだ。

「でもさすがにひとり二役は、そろそろきついんじゃないかと思うんだよ。実はそろそろ、僕は本店に戻って父の仕事を本格的に引き継ぐ話が出てる。そうなったら、青山のギャラリーは達彦に任せたいと考えているんだ。一度この話もしたんだけど、達彦はあまり乗り気じゃないようで……たぶん、きみのマネジメントがあるからじゃないかと思うんだ」

東海林の兄は長椅子の上で、身体を二木のほうに向けた。

「僕はマンガ家という仕事はよくわからないけれど……マネージャー的な存在はどうしても必要なのかな?」

「……どうしても……ではないと思いますけど……」

アシスタントならばともかく、マネージャーのいるマンガ家など少数派だろう。

「これは実に勝手なお願いなんだが……ほかにマネージャーを見つけてもらうというのは、無理なのかなあ」

「いえ……あの、東海林はマネージャーっていうか……」

友人であり、恋人であり、保護者的存在であり、マネージャーなどというビジネスライクなものではないのだ。しかし、それをこの兄に説明できるはずもない。

「なんというか……達彦はあれでなかなかセンスがいい。人にはない感性がある」

いくぶん言いづらそうに、兄は弟を語る。

「もちろん、きみのようなクリエイターではないから、物を創り出す感性ではなくて、それを演出する能力だけれど。ギャラリーの企画なんかを任せると、僕や父では考えつかない案を出したりする。若いアーティストたちの中にも、達彦を慕ってくれる人は多い」

「そうですか……東海林はやっぱり……すごいんですね……」

身内が言うことじゃないね、と兄は照れたが否定はしない。

二木にもわかっていた。東海林は社会人としても優秀だ。ボロアパートでホットケーキを焼かせているなんて、もったいない男なのだ。

「それなのに……すみません、俺なんかが……東海林をこき使うから……」

いやいや、と東海林兄は慌てて首を振る。

「誤解しないでくれ。そっちだって仕事なわけだし、ちゃんとマネジメント料をもらっている以上、達彦にもそれなりの責任がある」

「え……」

マネジメント料？　なんの話だ？　二木は思わず顔を上げて東海林の兄を見た。だが相手は二木の驚きには気がつかなかったようで、話を進めていく。

「誰か別に適任者がいればいいんだけれど……あいついわく、そう簡単に代わりが見つかる仕事じゃない、って」

「あの……」

マネージャーなんかじゃないんです。

俺は東海林に、マネジメント料なんか一銭も払ってないんです。家賃もいまだに折半だし、食費なんかはほとんど東海林が出している。つまり、経済的にも精神的にも、俺が東海林にべったり寄りかかってるだけなんです——。

言えない。

二木には、その事実が言えなかった。恥ずかしくて、とても口に出せなかった。

東海林は家族に対して、『自分は二木から正当な対価を受けている』と説明していたのだ。そうでも言わなければ、父も兄も納得しないとわかっていたからだろう。それくらい、二木は東海林の本業を侵食していたのだ。

「まあ、一応、達彦の上司としてこちらの考えも伝えておこうと思って」

「は……はい……」

「腕が使えないから、退院したあとはしばらく実家にいさせようと思うんだ。そのあいだはちょっとマネージャー業はお休みでもいいかな?」

「はい……あの……俺のせいでこんなことになっちゃって……」

「なに言ってるんだい、きみのせいじゃないよ。まあ、火事はともかく、腕はあいつが勝手に足を滑らせて転んだんだし」

違う。足を滑らせたのは二木だ。

二木がしがみついていたから、東海林は転んだのだ。そして二木の頭に当たるはずだった鍋を、自分の腕にぶつけたのだ。

「ごめんな……さ……」

声が掠《かす》れる。

本当のことを言う勇気がない自分がつくづくいやだった。今にも泣き出しそうに顔を歪《ゆが》める二木を見て、東海林兄は「ほんと、気にしないでいいから」と言ってくれる。その心遣いがより申し訳なくて、二木は拳《こぶし》を握りしめた。爪が伸びているので手の中が痛い。いつもならば、東海林が切ってくれる頃合いなのだ。

東海林の兄は、二木の住まうところまで気にかけてくれた。ビジネスホテルにいるから大丈夫だと告げると「困ったことがあったら、連絡して」と名刺までくれる。二木は深く頭を下げて礼を言い、同時に心中で何度も何度も謝った。

兄はそれから東海林の病室へと戻ったが、二木はついていけなかった。

いくら図々しい二木でも——今はとても、東海林の顔は見られなかったのだ。

夏の雨が二木を打つ。

愚《おろ》かで、無能で、人に迷惑ばかりかけている二木を打つ。

夕立は突然だった。茫漠《ぼうばく》としたまま歩いていた二木にいきなり降りかかった。周囲の人たちが慌てて雨宿りの場所を求めて駆け出す中、二木は同じ速度で歩き続けた。ワイシャツにネクタイの男がぶつかり、「ジャマなんだよ！」と不機嫌に怒鳴《どな》る。

そう、確かに邪魔なのだろう。

東海林の人生にとって……自分は邪魔者だ。いっそ大きな障害物と言っていいのかもしれない。

どこを歩いているのか、よくわからない。

病院を出てから、ずっと歩いている。途中、知らない公園で少し座った。あんまり暑くて缶ジュースを一本飲んだ。なにも食べていない胃に果汁が染みて少し痛かったけれど、喉は潤《うるお》った。

歩いては、休む。

休んでは、歩く。

どこにも行くところがない。アパートには帰れない。ビジネスホテルにも帰りたくない。ただうろうろと彷徨《さまよ》っているうちに、夕立が始まった。

——おまえは本当にダメな子だよ。

雨の中、誰かが二木にそう囁《ささや》いている。

——きっと父親に似たんだね……あれは救いようのない男だった。最低だった。あいつの血を引いているんだから、まともになれってほうが無理なのよね……。

ごめんなさい。

お母さん、ごめんなさい。俺のせいで、いっつも謝ってばっかでごめんなさい。学校でも、学童保育でも、近所でも……頭を下げさせてばっかでごめんなさい。

――どうして宿題を忘れるのかな？　昨日も、一昨日《おととい》もそうだったね。二木くんは忘れたんじゃなくて、わざとしなかったんじゃないの？　面倒くさくて、ほっといたんじゃないの？

違います。先生違います。俺、本当に忘れちゃうんです。連絡帳に書いたら、連絡帳を見るの忘れる。手の甲に書いておくと、手を洗って忘れる。帰り道で「宿題、宿題」って言いながら帰っても「ただいま」って喋《しゃべ》ったら忘れちゃう。

――二木くんと同じ班はいやです。二木くんと給食を食べるのはいやです。だって先生、二木くんはなんかちょっとクサイんです。

くすくすと、笑い声。

二木は恥ずかしくてたまらない。クサイのはお風呂に入っていないからだ。お風呂に入らないのは、怖いからだ。お母さんは夜も働いている。暗くなってから、ひとりでお風呂に入るのはいやだ。お風呂場の電球が切れたままで、真っ暗になってしまう。お母さんは、いつも朝お風呂に入るので気がついていない。お風呂の電気がつかないよ、って言ったけど、そのときお母さんはすごく疲れていて返事をしてくれなかった。

あれは、何年生のときだったろう。

確か、小学二年生の夏くらい。まだ東海林と同じクラスになってなかった頃だ。

その頃の二木には友達がいなかった。

汚い子供で、頭も悪く、運動神経もひどいもの、さらにはコミュニケーションスキルが低すぎた。自分以外の人間は、大人も子供もみな怖かった。家庭環境が影響していたとは思うが、母親を責める気はない。当時の母は、精神的にも経済的にもぎりぎりだった。息子を手放さなかっただけでもありがたいと思う。母はときどき二木につらくあたった。手を挙げられることも多かった。けれど、あとで必ず後悔し、二木を抱き締めて泣いた。お母さん、あんたがいるから頑張れるんだよ、そう言ってくれたこともあった。

母のことは好きだった。でも、怖かったし気を遣っていた。

家でも学校でも、息を詰めて生きていたように思う。

東海林と同じクラスになり、あれこれと面倒を見てもらうようになってから二木の人生は一変した。まず、いじめられなくなった。あいつは、東海林と仲がいい——いじめっ子たちはそう呟《つぶや》いて、二木のもとから去っていった。さらに友達ができるようになった。もともとは東海林の友達だったわけだが、二木とも遊んでくれるようになる。

家の電球は、いつでも東海林が換えてくれた。椅子に乗って、上手にしてくれた。

忘れ物をしないよう、登校前に確認してくれた。宿題を教えてくれて、おやつを分けてくれた。

ちょうどその頃、母親も今までより条件のいい仕事に就《つ》けて、生活は安定してきた。

二木にとって、すべての素晴らしいことは東海林が持ってきてくれたのだ。もちろん東海林にはそんなつもりはなかっただろうが、結果としてそうなった。

東海林は優しかった。

母親よりも二木に優しかった。基本的には誰に対してでも親切な男なのだが、とりわけ手のかかる二木への寛容は大きかった。

だから甘えた。どっぷりと甘えた。

母親には遠慮《えんりょ》して言えなかったことも、東海林には言った。母親に甘えられなかったぶんを東海林で取り返そうとしていたのかもしれない。相手にしてみれば迷惑な話だ。同い年の友人の母親役なんて、したくもないだろう。

でも東海林は許してくれたのだ。

二木が甘えることを許してくれたのだ——自分の時間をうんと使って、潰《つぶ》して、我慢して。

それだけではない。今は愛しているとすら言ってくれる。

愛しているから、おまえは俺に甘えていいのだと、これ以上にない寛容を与えてくれる。言われて初めて、二木も自分が東海林を愛していることに気がついた。愛などという言葉はひとつの記号にすぎないけれど、どうしてもなにかの記号を当てはめなければいけないのだとしたら、確かに『愛してる』が一番近い。

東海林がいなければ生きていけないと思った。

東海林を愛しているからだ。二木にとって、かけがえのない存在だからだ。

なのに、自分は東海林になにもしてやれない。東海林が山のように与えてくれるものを、ただ貪《むさぼ》るばかりだ。東海林を食い尽くすばかりだ。

見覚えのあるビルがあった。

都心に向かって歩いていたらしい。たぶんここは東海林のギャラリーの近くだ。

もう足がくたくたで、二木はビルのアプローチに置かれたベンチに腰掛けた。中に広いロビーがあるのも知っていたが、こんなびしょ濡《ぬ》れで入ったら叱《しか》られそうな気がした。ここならば屋根はあるので雨は当たらない。

歩くのをやめると、途端に寒くなった。

涼《すず》しいというほどの気温ではないが、ずぶ濡れの身体から体温がどんどん逃げていく。二木はベンチの上で膝《ひざ》を抱えた。暑いのはいやだが、寒いのも困る。

寒い上に、眠い。

昨日一睡もしていないのに、一日歩き回っていて、体力も気力も限界だった。無意識のうちに、わざと自分をそういう状況に追い込んだのだろう。

だって、誰も二木を責めてくれない。

東海林も、東海林の兄もだ。おまえのせいだ、どうしてくれる、本当におまえは最低だと罵《ののし》ってくれればいいのに――そうしてくれない。だから二木は、自分で自分を責めるしかなかった。

眠い。でも眠りたくない。

眠ればきっと夢を見る。東海林をバラバラにして食べている夢を見る。両手を東海林の血に染めている自分の夢を見る。あるいは東海林が燃えている夢かもしれない。あのキッチンで火に焼かれて……それを見ながら、二木は醤油《しょうゆ》と箸《はし》でも持って立っているのかもしれない。

「……俺は、東海林を、ダメにする……」

二木の呟きは強い雨音にかき消され、聞こえたのは二木自身だけだっただろう。前髪から滴《したた》る雨粒が涙のように頬《ほお》を濡らす。

「俺は、東海林を……」

呪文のように繰り返す。自分に言い聞かせる。出さなければならない答えを、二木はもう知っていた。けれど知らないふりをしたかった。それは二木にとって、最悪の選択だからだ。もっともつらい道だからだ。いや——二番目、だ。

一番つらいのは、二木のせいで東海林がダメになること。

二木のせいで東海林が怪我をしたり、病気をしたり、やりたいことをやれなかったり……自分が東海林の人生を蝕《むしば》むこと。それが一番つらい。

「……二木くん？」

誰かの声がする。二木はゆっくりと顔を上げた。ゆっくりとしか動けない。

「わっ、なにしてるのこんなとこで！　またずいぶん濡れたもんだなあ……」

誰だったろう。知っている男だ。でも名前が出てこない。

「……俺は……東海林をダメにしちゃうから……」

「え？」

男が二木を覗《のぞ》き込む。

「一緒にいたら、いけないんだ」

「二木くん？　ほら、こんなとこで寝ちゃだめだよ」

男は手にしていた傘《かさ》をその場に置き、二木の額に触れた。少し熱っぽいな、という声が聞こえ、スーツの上着を脱いで震える二木に着せかけてくれる。いいスーツだった。いつも東海林を見ているから、二木にも少しはスーツの良し悪しがわかるようになった。スーツを纏《まと》った東海林に抱き締められると、生地の感触がよくわかるのだ。安いスーツは肌に痛いが、東海林のスーツはしっかりした生地なのにどこかふわりと柔らかい。

「待ってて。すぐにタクシーを捉《つか》まえるから」

男はそう言って、傘もささずに道路に向かった。体温の残る上着から、ほのかにトワレが香る。東海林の匂いではない。東海林もときどきトワレを使うが、もう少し甘さを抑えた香りだ。東海林自身の匂いと混ざると、とても官能的な香りになり、漂《ただよ》ってくるだけで二木はドキドキしてしまう。

「……東海林」

口に出して、呼んでみる。

返事はない。東海林はここにはいない。病院にいる。二木のせいで。

「ごめん……東海林、ごめんな……」

涙が溢れてきた。自分の涙があんまり熱くて、雨で濡れた皮膚がどれだけ冷えているのかを知る。なのに額だけは熱く、視界がぼんやりと霞《かす》んでくる。

「おいで、タクシーが来た」

誰かが二木の肩を抱き、立たせる。

背格好は東海林とだいたい同じ。でも匂いが違う。声も違う。東海林ではない。

……いいんだ、東海林じゃなくていいんだ。

「俺は……東海林を……ダメに……」

「その話はあとで聞く。さあ、乗って」

タクシーの後部座席に乗せられ、エンジンの振動を感じる。

「高輪台《たかなわだい》まで。急いでください」

聞き覚えのある声だけれど、思い出せない。とにかく東海林ではない。その事実に落胆し、絶望し……少しだけ安堵《あんど》して、二木の意識はふっつりと途切れた。

5

消えた。

二木が消えた。にわかに、いきなり、忽然《こつぜん》と消えた。

退院したその足で、左腕を吊《つ》った東海林は二木が泊まっているはずのビジネスホテルへ向かった。三泊四日の短い入院とはいえ、一度も顔を見せないのはどういうことだと文句を言ってやろうと思ったのだ。

もちろん本気で怒っていたわけではない。自分の不注意で火事を出してしまった二木は、相当へこんでいるのだろう。東海林と顔を合わせにくい気持ちはわかる。昨日の夕方、顔を見せてくれた佐伯によると、救急搬送された直後は東海林を心配してずっとべそべそ泣いていたというし、早く会って「大丈夫だ、気にするな」と言ってやりたいというのが本音である。

東海林の退院に時間がかかったのは、骨折よりも風邪が悪化したからだった。

熱は次第に下がったが、心配した父親に「ついでだからひととおり検査していけ」と命じられ、後半はほとんど人間ドック状態だった。

「もうチェックアウトしてる……？」

「はい。一昨日の夕方に精算されてらっしゃいます」

フロントにそう聞き、東海林は佐伯に電話を入れてみた。会議中とのことだったので、折り返し電話をくれるように伝言しておく。それから、自分はアパートへと向かってみた。荷物は先に兄が運んでくれている。仕事もしばらく休みなので、コットンパンツと開襟《かいきん》シャツという気楽な出で立ちだ。

やはり二木はいない。

キッチンはひどい有様《ありさま》だが、仕事場や寝室は使える。もしかして着替えを持っていっているだろうかとクローゼットも調べてみたが、なくなっている衣類はない。

いったいどこへ行ったのだろう。一応、茜《あかね》と飛田《とびた》にも電話をしてみた。ふたりとも、ここ数日は二木と連絡を取っていないと言う。

焼け焦げたキッチンを眺《なが》めていると、なんだかいやな予感がしてくる。二木の気配を探して東海林は部屋をうろうろした。食べかけのスナック菓子が半分燃えて転がっている。

携帯が鳴った。佐伯だ。

二木がホテルをチェックアウトしていると伝えると『えっ、なんで？』と驚いている。

「それを聞きたいのは俺のほうです。今アパートなんですが、こっちに戻った様子もないし。……最近二木が親しくしているマンガ家がいましたよね？　律、っていつも呼んでる」

『椎名《しいな》リツ、だね。うちのピンナップ頼んでて、昨日の夜に電話したけどルコちゃんの話なんか出なかったなあ……』

「一応、確認してくれますか」

『わかった。また連絡する』

携帯をしまおうとした途端、メールの着信音が鳴った。二木専用の設定曲だ。慌ててもう一度携帯を開こうとして、床に落としてしまう。片手しか使えないので不便だ。東海林は舌打ちをして携帯を拾い上げ、急いで液晶を展開する。短いメッセージが届いていた。

——しんぱいしないで
「……おい、これだけか？」

思わず携帯電話に向かって、ぼやいてしまった。本当に短い。平仮名ばかりなのはいつものことだが、もう少し書くことがあるだろう。あまりに素っ気なさすぎる。

とりあえず、生きているわけだ。そういう意味では安堵したが、同時に腹も立ってくる。このメールから察するに、二木は東海林に居場所を教えたくないのだ。会いたくないから、探したりするなと言っているのだ。

「勝手なやつめ」

ひとりごちて、携帯を胸ポケットにしまった。

いつまでもここにいても仕方ないので、とりあえず実家に帰る。母親は久しぶりに戻ってきた次男坊を歓迎してくれた。

「まあ、ひとりで帰ってきたの？　お兄ちゃんが迎えに行くって聞いてたのに」

厳しい父親とは正反対の、おっとりした母が言う。東海林に料理の基本を教えてくれたのはこの母だ。以前は父の画廊を手伝っていたが、現在は専業主婦である。

「来てくれたよ。ちょっと寄りたいところがあったから、荷物だけ持っていってもらったんだ。……いい匂いがする。胡麻油《ごま》かな」

「そうよ。お昼は冷麦だから、一緒に天ぷらを……あっ、ごめんなさい」

唐突に謝られて、東海林は「なに？」と母を見た。

「だって……あなたのアパートの火事って……」

「ああ。うん、天ぷら油が原因だけど、べつに天ぷらに罪はないだろ」

「怖かったでしょうねえ」

「怖かった。本当に、火は怖い……お母さん、鍋の火は消えてる？」

ちゃんと消してから来たわよ、と母が笑う。それからキッチンに戻って、天ぷらの続きを始めたようだ。胡麻油で揚げる江戸前の天ぷらは母の得意料理で、かき揚げが特にうまい。

……二木は、カツを作ろうとしていた。

シンプルなカレーですら作ったことがないのに、いきなりカツカレーなんかに挑戦するから、あんな悲劇が起きるのだ。東海林が作っているのを見て、簡単そうだと思ったのだろうか。それともよほどカツカレーが食べたかったのか。言ってくれれば作ってやるのに。二木の食べたいものならなんだって、作ってやるというのに——。

広々と贅沢《ぜいたく》な自宅の居間でゆったりとソファに腰掛けているというのに、東海林の気持ちは落ち着かない。

二木はなぜいなくなったのか。なぜ東海林に居場所を教えないのか。

こんなことは初めてだ。東海林が二木を避けたことはある。学生の頃だからずいぶん昔だが、あった。けれど二木が東海林を避けたことなど一度もない。

いつだって、二木は東海林を見ていた。

あの大きな目が逸《そ》らされることはほとんどなかった。

腹が減ったと言ってはまとわりつき、寒いと言ってはしがみつき、暑いときでもなぜか絡まりついて文句を言った。その二木のメールが『しんぱいしないで』だと？　とても信じられない。

二木はいつでも、自分を最優先にして欲しがった。東海林に心配されたり、小言を言われたり、世話を焼かれるのが好きだった。そうでなきゃ、こんなべったりとした関係になっていない。

サアアッと軽やかに天ぷらの揚がる音が、携帯の着信音と重なる。佐伯だ。

「もしもし」

『あ、佐伯です。椎名先生に聞いてみたんだけど……やっぱり知らないようだね』

「二木に口止めされている可能性もあると思うんですが」

『それはないと思う。っていうのはさ、なんか椎名先生、責任を感じているみたいなんだ』

「責任？」

佐伯の説明によると、二木と椎名リツは比較的最近会って話をしたそうだ。どうやら東海林が兄の代わりに出張していた頃らしい。海に行けなくなったとゴネていた二木に、椎名は「そんなこと言ってると、東海林さんの負担になるぞ」と、説教をしてしまったという。

「……しごく真っ当な意見ですが、二木はその程度のことは気にしませんよ」

『うん。いつもならね。でもほら、ちょうど東海林さんが有名なキュレーターと会うの会わないのっていう直後だろ？　あのときも僕と茜さんで、わがままますぎるぞっていじめちゃったし』

「でも、馬耳東風だったでしょう」

だね、と佐伯は少し笑った。だがすぐに声を硬く変えて『問題はそのあとだよ』と続ける。

『椎名先生にも言われて、たぶんルコちゃんは東海林さんの役に立ちたいと思ったんだろうな。それで珍しく料理なんかして……大失敗した』

「……確かに、大失敗ですね。小火《ぼや》まで出したわけですから」

『もちろん火事もあるけど、それ以上に東海林さんに怪我をさせたことにショックを受けてたみたいだ。すごく責任を感じてると思う……心配だなあ……』

東海林は二木から短いメールが届いた旨《むね》を佐伯に伝えた。佐伯は少し安心したようだが、それでも『早くルコちゃんに会ってやってくれないかな』と言う。

「会うもなにも……居所がわからないんですから」

『東海林さん、少し怒ってる？』

「怒っているというか、呆《あき》れてます。いきなり消えて、心配するな、だけですよ？　あいつは俺の気持ちってもんを考えたことがあるんでしょうかね」

佐伯がぼそりと『東海林さんでも拗《す》ねるんだね……』と呟いた。拗ねてなんかいない、と返そうとしたが、よくよく考えてみれば的を射ている。二木が「東海林、怪我させてごめん、俺のこと嫌いになんないで」としがみついてこないのが、面白くないのだ。

『ウチもそろそろ単行本の表紙をやってもらわないとまずい頃なんだよ……もし連絡があったら、教えてください』

「俺より佐伯さんに連絡がいく可能性が高いと思います」

『そうかな……そうなったら、こっちからも連絡入れますよ』

お願いします、と東海林は通話を終えた。

片手で携帯電話を畳《たた》みながら、もう一度二木の行きそうな場所を考えるがやはり思いつかなかった。二木の交友関係はごく狭いものの、東海林の知らない同業者友人だっているだろう。誰かのところに転がり込んでいるか、あるいは勝手にホテルを変えたのかもしれない。

「達彦さん、できたわよ」

昼食の支度《したく》が調《ととの》い、母に呼ばれた。

ダイニングテーブルにつき、右手だけで器用に天ぷらと冷麦を食べつつ東海林は考える。

二木は今頃なにを食べているのだろうか。

ひとりだとろくなものを食べない男だから、すぐ痩《や》せてしまう。注意しなければ何日も同じ服を着るし、髪をとかすのを面倒がるので頭もすぐにぼさぼさだ。東海林と一緒にいなければ、あっというまに小汚くなってしまうに決まっている。

……早く、連絡してこい。

貝柱と三つ葉のかき揚げをサクリと齧りながら、胸の内で呼びかける。

俺がカツカレーを作り直してやるから、早く帰ってこい。

おまえになにもできなくても、べつに俺は構わないから。

役に立って欲しいなんて思わないから。

おまえはただ、俺のそばにいればいいんだから——。


それから三日後、左腕以外の健康を取り戻した東海林は、青山のギャラリーに出勤していた。半袖《はんそで》のワイシャツにネクタイ、上着なしという姿は通常ならば許されないが、左腕をいまだ吊っている以上やむをえない。顔なじみの顧客何人かに「どうしたんだい」と聞かれ、「転んだだけなんですが……カルシウム不足ですね」と微笑《ほほえ》んで答えておく。

「達彦、タイが曲がってるぞ」

「すみません、直してもらえますか」

兄が「仕方ないなあ」とぼやきつつ、東海林のネクタイのノットを直した。右手しか使えないというのは不便なものだ。だが接客くらいはできるし、上げ膳据え膳の自宅では暇をもてあましてしまう。読書でもしようと思っても、本を開いたところで二木のことをあれこれ考え続けるだけで、精神衛生上よろしくない。

二木の行方《ゆくえ》は依然としてわからない。

携帯電話の電源はずっと切られたままだ。ただ、昨日佐伯のところに連絡が入ったという。単行本の表紙カラーをもう少し待って欲しいという話だったそうだ。仕事の話ができるくらいならばそこそこ元気なのだろうと思った東海林だったが、佐伯は電話口で『そうとは限らないかも』とやや暗い声を出していた。

『新作の打ち合わせもそろそろしたいねって話したんだけど……なにも浮かばないって言うんだ。描きたいものが、なにも』

「あいつにはよくあることじゃないですか」

東海林はそう答えた。二木はやたらと助走の長いタイプの作家なのである。

『それはそうなんだけど……おかしなこと口走ってたから、ちょっと気になって』

「おかしなこと？」

二木はこう言ったそうだ。俺がマンガを描かなくても、誰かが描くよ、と。

『もちろん僕は否定したよ。ルコちゃんのマンガはルコちゃんにしか描けない。ほかの誰も代わりにはならないんだって。でも、生返事があっただけで――こんなのは初めてなんだよ』

確かに気掛かりな発言ではある。

二木にとってマンガを描くことは、日々の糧《かて》を得るため以上の意味があった。子供の頃から、二木は自分の気持ちを口に出すのが下手だった。言葉や文章を駆使して、自分の考えを周りに伝える技術に乏《とぼ》しかったのだ。

そのぶんを二木は絵で表現した。

小学生の頃は二木の絵を評価しにくいと言った教師もいたが、中学の美術教師は二木に一目置いていた。二木の作品をみなに見せて「絵を描くとは、こういうことだ」と言ったのは東海林もよく覚えている。二木は顔を真っ赤にして俯き、だがあとで東海林に「なっ、俺、誉《ほ》められたんだよなっ?」と確認した。

その二木が、俺が描かなくても誰かが描くなどと言うのは考えにくい。東海林と離れていた短い期間ですら、マンガだけは描き続けたのだ。

達彦、と呼ばれて振り返る。兄が事務所に入ってきた。

「すまないが面会時間が終わる前に病院に行きたいんだ。クローズを任せてもいいか?」

「ええ、もちろん」

兄はおどけた様子で東海林に拝《おが》む真似をすると、帰り支度を始めた。今日は受付嬢も夏休みを取っているので、東海林はひとりになる。

「あ……そういえば、二木くんどうしてる?」

鞄《かばん》を持った兄が聞いた。

「二木、ですか?」

兄が二木を気にするなど珍しい。訝《いぶか》しんだ東海林と目が合い、少しばかり気まずそうに兄が咳払いをした。

「その……言いそびれていたんだがな、おまえが入院した翌日、二木くんと話をしたんだよ」

「はい？　話？」

「うん。彼、病院に来てたから。ずいぶん早い時間だったけど」

「……聞いてませんが」

「だから言いそびれて……達彦、おまえ顔が怖いぞ」

兄が一歩後退して言ったくらいだから、よほど恐ろしい顔をしたのだろう。東海林は自分の眉間《みけん》を撫《な》で「そうですか？」としらばっくれて皺《しわ》を消す。

「で、なにを話したんです」

「まあ、たいしたことじゃないが……兄として、上司としてお願いというか」

「兄さんがあいつにお願いすることなんか、ないでしょう」

「あるさ。簡単にいえば、おまえをあまりこき使ってくれるなということだよ。もちろん、もっとソフトに言ったけど」

またしても眉間に皺を刻んだ東海林だが、今度はそれを消さないまま「なんですって？」と兄に詰め寄った。

「いつも言ってるじゃないですか。俺が好きでやつの仕事を手伝っているんです。その代わり、画廊の仕事だってちゃんとこなしてるでしょう？　……まあ今回は、こんななりになってご迷惑をおかけしましたけど」

「火事の中、人助けをしたおまえを責めるつもりなんかないさ。ただ父さんも近々、おまえにこの青山ギャラリーを任せたいと……」

「それはお断りしたはずです」

「よく考えろよ達彦。おまえは画廊経営に向いてる。才覚があるんだ。もったいないじゃないか。いくらもらうモノをもらっているとはいえ、マンガ家のマネージャーなんか……」

「待ってください。兄さん、まさか——言ってないでしょうね？」

東海林は兄の言葉を遮《さえぎ》って、詰問《きつもん》した。兄は不服げな顔で「なにを」と聞く。

「もらうモノもらって、のところです。まさか二木に……その話をしたんですか」

「意味がわからんぞ。二木くんには、『ちゃんとマネジメント料をもらっている以上、達彦にもそれなりの責任がある』とは言った。それは承知の上でこちらの希望を……おい？」

突っ立ったまま硬直した東海林を見て、兄が「どうした」と痛めていないほうの腕を叩《たた》く。かろうじて「なんでもありません」と答えたものの、実のところかなりの衝撃を受けていた。

「なにかまずかったのか？」

「……いえ……ただ、あいつはわりと繊細なので……」

「悪気はなかったんだよ……気にしちゃったかな……達彦、謝っておいてくれ」

わかりましたと言いたいところだが、居所がわからなければその伝言も伝えようがない。しかし兄にこれ以上心配させても意味はない。東海林は軽く頷いて「面会時間、終わっちゃいますよ」と兄を送り出した。

ひとりになると、ますます気が滅入った。

二木は知ってしまったのだ。

東海林の嘘を知ってしまった。二木からはちゃんと金をもらっている――家族にそう話しているとばれてしまった。それは東海林にとっては単なる処世術であり、父や兄に口を出されたくないがゆえの言い訳だった。二木の面倒を見るのは東海林にとって趣味であり生き甲斐である。だが、はたから見れば不自然なのは承知だったし、恋人だと言うこともできない。だからこそ金銭を得て引き受けているという形式が必要だったのだ。

けれど二木にとってはどうだろうか。

タイミングも最悪だ。いつになく自分を責めていたはずの二木は、東海林の嘘に傷ついたに違いない。兄を恨《うら》んだところで始まらないが――道理で姿を隠したはずだ。

誰もいないのをいいことに、東海林は天井《てんじょう》を向いて大きな溜息をついた。もとはといえば、くだらない嘘をついた自分が悪い。

「こんにちは」

扉の開く音と声に、東海林は慌てて居住まいを正した。自分のついた大きな溜息が天井あたりでぽわぽわ浮いているような気がする。

「甘利《あまり》さん。いらっしゃいませ」

来客は甘利だった。今日もいいスーツを着て、お坊ちゃん然とした笑顔を見せている。

「今そこでお兄さんに会いましたよ」

「はい。兄に御用でしたか？」

「いいえ、むしろちょうどよかった。今日は弟さんにお会いしたくて」

「私に？」

甘利は頷き、東海林の左腕を見て「災難でしたね」と言った。そう明るく言われると微妙な心持ちだったが、とりあえず「ありがとうございます」と返し、ふと違和感を覚えた。

どうしたのですか、ではなく、災難でしたね——まるで東海林の怪我の原因を知っているかのようではないか。

「でも、もう仕事に出られるのだから、順調に回復されているんですよね？」

「あの……」

「彼も心配してます」

「……まさか……」

にこりと甘利が笑った。いや、にやりとだろうか。東海林にはそう見えた。

「いますよ、うちに」

「あなたのところに……？」

ええ、とごく自然に頷く甘利を、東海林は呆然《ぼうぜん》と見つめた。こともあろうに甘利のところにいるなんて——考えつきもしなかった。

「拾ったんです。五日前かな、すごい夕立の日があったでしょう？　あの日にびしょ濡れになって道ばたに落ちてた」

「……二木は猫じゃないですよ」

声を低めて言うと「捨て猫なみの哀《あわ》れさでした」とまた笑う。

「まあ拾ったというのは冗談。具合が悪そうだったのですぐに連れて帰ったんです。ほとんど寝ていない上、食事もしていない様子で……誰に捨てられたやら」

含みのあるセリフからして、甘利はすでに二木と東海林の関係を承知しているようだ。東海林としても頑《かたく》なに隠そうとは思っていない。むかっ腹が立ってはいるが、冷静な顔を装ったまま「それで、二木の具合は」と聞いた。

「もうよくなりましたよ。元気にしている。きみの様子を知りたいようだったんで、ちょっと寄らせてもらいました」

「まだあなたのところに？」

「そう。彼の世話をしてると、高校生に戻ったみたいで楽しいんです」

「お世話をかけました。すぐに迎えに行きます」

「なぜ？」

展示してある抽象絵画を見ているふりをしながら、甘利はしれっと聞いた。

「なんできみが迎えに来るんです？　保護者でもないのに」

「保護者ではありませんが……」

東海林は一瞬のためらいを振り切り、「恋人ですから」と続けた。甘利は視線を壁の絵から東海林に戻し、軽く小首を傾《かし》げて「ふうん」と笑う。

「隠す気はないわけですか」

「はい」

「お兄さんもご承知で？」

「いいえ」

なるほど、と甘利は身体ごと東海林を向く。対峙《たいじ》すると互いの背格好はよく似ていた。甘利も背が高く、だが東海林よりいくらか細い。

「では私もお兄さんには黙ってましょう。……二木くんを迎えに来るのは勝手ですけどね、彼をどこに連れていくつもりです？　あのアパートには戻りたくないって言ってましたよ」

「ホテルでもなんでも、準備します」

「ホテルにいるなら、うちにいたっていいじゃない」

「甘利さんにご迷惑がかかります」

「ぜんぜん。彼は僕のお気に入りだもの。高校の途中でまた海外に行くことになって——ずっと気になってたんですよ。何度も手紙を出したんだけど、返事は来ないし……まあ、そういうタイプじゃないのはわかってましたがね」

「今から迎えに行きます」

東海林は不機嫌さを隠さず、短く宣言した。飼い猫がよそでエサをもらっているのだ。早く連れ戻さなければならない。ちょっとだけ叱り、そのあとに可愛《かわい》がり倒して、我が家ほどいい場所はないと思い知らせる必要がある。

「そう？　まあ、止めはしませんが……無駄足になるかも」

「ご住所を教えていただけますか」

「以前渡した名刺のビルの、最上階が居住スペースです。私はまだ仕事が残ってますので、ご一緒できません」

「お気遣いなく」

あくまでにこやかな甘利に対し、東海林は最後まで愛想笑いひとつしなかった。

甘利がギャラリーを出るやいなや、ぼそりと悪態を吐く。クローズの定刻にはまだ早いというのにさっさとブラインドを下ろし、施錠《せじょう》してギャラリーを出た。通りでタクシーを拾うと、甘利の名刺にあった高輪台の住所を告げる。やたらと煙草《たばこ》が吸いたかったが、いまや東京のタクシーは全面禁煙なので我慢するしかない。ここ数日、暇と苛々《いらいら》が手伝って煙草の本数が増えているのは自覚していた。

二木を責める気はない。

行き場がなかった気持ちはわかる。偶然会ってしまった高校の先輩に助けられたのもいい。いや、むしろそこは本気で甘利に感謝すべきだろう。入院中の東海林はなにもできなかったのだ。

だが、いつまで厄介《やっかい》になる気なのか。

夏の夕暮れを走るタクシーの中で、東海林は考えた。まず、専門の業者に連絡してキッチンをきれいにしてもらおう。掃除をし、シンクを変え、焦げた壁紙も変え、一日も早く二木がアパートに戻れるようにする。いや、二木より先に自分が戻っておくべきだ。ひとりでは不便だが、工夫次第で生活はできる。東海林がいれば、二木だってアパートに帰ってくるはずだ。すぐに準備をするから、それまではホテルで我慢してもらおう。

そうか、ホテルに東海林も滞在すればいいのだ。

東海林がいる場所が、二木にとって落ち着ける家になるはずだ。マンガを描くのに必要な道具も運び込めばいい。この際だ、味気ないビジネスホテルなどでなく、シティホテルのスイートに滞在するのもありかもしれない。旅行にも行けなかったのだから、それくらいの贅沢をしても構わないだろう。

考えがまとまると、東海林の焦燥《しょうそう》はいくらか収まった。甘利への腹立たしさも落ち着き、今度会ったら改めて非礼の詫《わ》びをしなくてはと思う。二木のことになると、東海林も自分の感情がままならない。

タクシーを降り、甘利の会社の前に立った。

大きなビルの上層部は高級賃貸マンションとなっているらしい。最上階にビルオーナーやその家族が住まうのはよくある話だ。住居層へのフロントに入ると、守衛に誰何《すいか》された。名乗ると「失礼しました。伺《うかが》っております」とエレベータホールに通してくれる。甘利が連絡を入れておいてくれたらしい。

最上階には一部屋しかないので、迷うこともなかった。

東海林はインターホンを押したが、ふと疑問が浮かぶ。果たして二木が他人の家の呼び出しに応対するのだろうか？　自分の家だって、締切間際になると居留守を決め込むというのに。

だが、その心配は杞憂《きゆう》に終わった。

『……だれ、ですか』

インターホン越しの声に、東海林の胸が高鳴る。久しぶりに聞く二木の声だった。

「俺だ」

『……』

返事はない。だが、二木が息をのんだ気配は伝わってきた。叱られるとでも思っているのだろうか。そんなことはないと伝えるため、いつもより穏《おだ》やかな声で「甘利さんに聞いたんだ」と東海林は続ける。

「急いで迎えに来た。二木、ここを開けてくれ」

『……待って』

インターホンの接続音が途切れ、続けて自動ロックの解除音がした。

東海林は二木を待つ。きっと、ぐしゃぐしゃな頭で出てくるのだろう。相変わらずよれよれのTシャツを着ているに違いない。口の端にヨダレのあとがついていたら拭《ふ》いてやらなくては——そう覚悟して、いや、正しくは張り切っていた東海林の前で高級かつ頑丈そうな扉が開く。

二木が立っていた。大きな目が東海林を見て揺れ、すぐに俯く。

確かに二木だ。間違いない。けれど妙だった。違和感の原因はすぐにわかる。東海林の予想を裏切り、二木がやけにきちんとしていたからだ。

皺ひとつないシャツは鮮やかなブルー、コットンパンツはしみひとつなく真っ白で、さりげないがすべて高級品なのがわかる。伸ばしっぱなしの髪も美容院帰りのように整っている。ヘアカタログにそのまま載せられそうな髪からフローラル系の匂いがした。整髪料だろうか。

「……久しぶりだな」

「う、うん」

少しだけ、二木が顔を上げた。だが視線を合わせようとはしない。ヨダレなどついていなかった。もともと薄い髭《ひげ》も丁寧《ていねい》に剃《そ》られている。もじもじ動かしている手を見ると、爪も伸びていないし、むしろいつもより光って見えた。まさか甘利が磨《みが》いているのか。

完璧《かんぺき》だ。二木の身体的な美点をよく理解し、どこぞの品のいい青年のように仕立て上げている。甘利は二木ブリーダーとしてたいしたものだと言わざるを得ない。

「アパートの補修をすぐに頼むつもりだ」

タクシーの中で考えた段取りを、東海林は説明し始めた。

「それまでのあいだ、ホテル暮らしはどうだ？　おまえの仕事ができるような部屋を用意するし、俺も一緒に滞在する。キッチンがないからメシは作ってやれないが……ルームサービスもまずくはないぞ？」

返事も相づちもなく、東海林が語るほどに二木の俯き加減は深くなる。薄い肩にグッと力が入っているのがわかり、ショックだった。二木は怯《おび》えているのだ。東海林を前にして怯えている。理由はわからないが、怖がっているのだ。

「帰ろう、二木」

「……」

「俺は大丈夫だ。骨はすぐくっつくから、心配いらないし……」

兄貴の言ったことは気にしなくていい——と続けようとして、やめた。二木は尚更《なおさら》気にするだけだ。なにも聞いていないふりをしておこう。

「二木。いつまでも甘利さんに迷惑はかけられないだろ?」

「……」

「二木」

「迷惑じゃ、ない」

下を見たまま、二木が言った。直後にヒュッと音がしたのは、急いで息を吸ったのだろう。今まで息すら止めていたのかもしれなかった。

「俺、帰らない」

「に……」

「ここにいる。帰らないよ。俺……先輩と寝たし」

なにを拗ねているのだと、苦笑顔を作っていた東海林が固まる。

まず、自分の耳を疑った。ここが雑踏の中ならば、聞き間違いだと決めつけることもできたのに——高級マンションの廊下はひどく静かなのだ。

寝た。

先輩と寝た。そう聞こえた。

「……どういう、意味だ?」

笑みを消して聞く。二木は「そのままだよ」とあくまで東海林を見ない。

「せ……先輩とやったんだ」

繰り返されて、頭が真っ白になった。

直後、映像が脳裏に浮かぶ。甘利にのしかかられ、甘い声を上げている二木の顔がリアルに浮かんで、東海林の怒りは一気に沸点《ふってん》に到達した。

手が動くのを止められなかった。

利き腕を折っていれば、こんなことには……二木を殴ったりは、しなくてすんだのかもしれない。拳ではなく平手だったのは、まだ東海林の中でなにがしかの制御《せいぎょ》が働いたのだろうか。それでもバシッとすごい音がして、二木は横によろけた。避けようという動きはなかった。単にとろくて避けられなかったのか、殴られる覚悟があったのか。

人を殴った手の痛みは、すなわち心の痛みだ……などという綺麗事《きれいごと》を聞いたことがある。だが東海林の心は今、痛みよりも怒りで満ちていた。二木に対して、ここまでクリアな怒りを感じたのは初めてかもしれない。今までどんなわがままをぶつけられようと、いつもいくらかの余裕をもって受け止めることができた。二木のために厳しい態度を示すことはあっても、自分の怒りだけをぶつけることはまずなかった。たった一度だけ、二木が「死んでやる」と口走ったとき、東海林もまた感情的になってやり返したことがある。

けれど今の怒りは、もっと始末に悪い。

どす黒い嫉妬《しっと》の色が混じり、より暴力的で、抑えが利かない。二木の襟首《えりくび》を摑《つか》み、ひどい言葉で罵倒《ばとう》したくなる。恩知らず、ケツの軽い裏切り者めと、罵りたくなってしまう。

二木が顔を上げる。

頬が真っ赤に腫《は》れていて、唇が少し切れていた。赤い血を見てどきりとしたが、それでも怒りが収まったわけではない。

瞬《まばた》きもせずに、二木が東海林を見ていた。表情が読み取れない。なにを考えているのかわからない。怒ってもいないし、悲しんでいる様子もない。

ただ、待っているようだった。

なにを待っているのかはわからない。突然、二木がやたらと遠い存在に感じられた。二木のことならばすべてわかっているつもりだったのに、その自信が幻《まぼろし》のように消えていく。

「俺はもう……いらないってことか」

言葉を発することなく、二木は頷いた。

二発目を殴ってしまう前に、東海林は二木に背中を向けた。

廊下を突き進んで、エレベータを呼ぶ。最上階専用なので、待つ必要もなくすぐに乗り込んだ。拳で乱暴に一階のボタンを押す。顔は上げなかった。まだ開いている扉の向こうに、二木の姿が見えるかもしれないからだ。

静かに閉じたエレベータの中で、東海林は自分の手が震えているのに気がつく。

それが怒りのせいなのか、あるいはほかの原因があるのかは、わからなかった。

6

「ただいま――。おやおや、こんなところでなにしてるの」

帰宅した甘利に声をかけられるまで、二木は自分がずっと玄関前の廊下にへたり込んでいることに、気がつかなかった。頬の熱さがじりじりとした痛みに変わり、それも治まってからもうどれくらい経《た》ったのだろうか。甘利が灯《あか》りをつけているということは、外はすっかり暗いのだろう。

東海林が来た頃は、まだいくらか明るかったような気がする。

「おいで。ほら、立って。よいしょ」

甘利に引き起こされ、二木は諾々《だくだく》と従う。身体にうまく力が入らない。もともとシャンとしたタイプではないにしろ、今はクラゲにでもなったような気分だ。

「はい、歩く。はいはい、ここに座る」

広々としたリビングのソファに座らされ、頭をくしゃりと撫でられた。甘利はスーツの上着を脱ぎ、ネクタイを緩《ゆる》めながら「東海林さん、来ただろう?」となんでもないことのように聞く。

二木はコクリと頷いた。

「で、ちゃんと言えた?」

また頷く。声が出ないわけではないが、喋るのがひどく億劫《おっくう》だったのだ。

「それはよかった」

甘利は短く言うと、バスルームに消えた。帰ったらまずシャワーを浴びるのが習慣らしい。バスローブ姿で再び出てきたときも、二木は同じ位置に、同じ姿勢で座っていた。甘利は冷蔵庫からお気に入りのスタウトを取り出し、二木の前にはペットボトルの水を置く。水を見たら、喉が渇いていると気がついた。甘利は東海林と同じくらい、よく気がつく男だった。

「なにか食べる？　……って聞いても、いらないって言うんだろうな」

そのとおりだ。今はなにか胃に入れたら、吐くような気がする。

「明日の朝には食べるんだよ？　そうだ、フレンチトーストを仕込んでおこうか。バゲットの残りがあるからちょうどいい。メイプルシロップをたっぷりかけてね。好きだろう？」

フレンチトーストは好物のはずなのに、想像しても食欲が湧《わ》かない。それでも二木はかすかに頷いた。永遠に食べないわけにはいかないのだ。

「魂を抜かれたみたいな顔だなあ」

顎《あご》の下に甘利の指が入り、上を向かされる。

「自分で決めたことだろう？　後悔してるの？」

「し……してない」

「東海林さんは、なんだって？」

二木は首を横に振りながら「なにも」と答えた。

「ふうん。なにも言わずに、殴ったわけか……」

ようだ。

甘利の指が二木の唇に触れた。二木は気がついていなかったが、乾いた血がこびりついていた

「結構カッとするタイプなのかな」

「そんなことない。東海林はすごく忍耐強くて……今までずっと我慢してきたから……」

「その反動？　ま、相当ショックだったろうね。きみのほうからふられるとは思ってなかっただろうし」

甘利の指が、唇から首の後ろへと滑る。身体が寄せられて、顔が近づいた。二木はギュッと目を閉じて、息を止める。唇にフッと吐息がかかり、間近で甘利が笑ったのがわかる。

「そんなに硬くなられると、なんだか無理《むり》強《じ》いしている気がしてくる」

「ちが……」

「言い訳はいいから、寝室に行こう。……今日はこのあいだみたいに、途中でやめないよ？」

はっきりと言われ、二木は頷くしかなかった。甘利に手を引かれるままに、寝室へと歩く。途中で「風呂、入らないと……」と呟いたが「どうせ外に出てないんだろう？　いいよ」と却下《きゃっか》されてしまう。

寝室の灯りはベッドサイドのフロアライトだけだ。

甘利はベッドに腰掛けて、二木に「脱いで」と命じた。命令とは違うのかもしれないけれど、少なくとも二木にはそう聞こえた。ぐずぐずと、服を脱ぐ。べつに恥ずかしくはないが、少し怖い。東海林以外に触られることに、なかなか慣れることができない。

すべて脱いで俯く。低い位置の灯りが、青白い二木の足をぼんやりと照らしていた。なんだか死人の足みたいだなと自分で思う。

唐突に、腕を引かれた。

二木はベッドに膝を突き、そのまま姿勢を崩して伏せるように倒れる。背中から、甘利が覆い被《かぶ》さってくるのがわかった。項《うなじ》に柔らかいものが触れ、ぞくりと震えが走る。快楽の震えではないとわかったが、いやだと言うことはできない。

自分で選んだことだ。

甘利は二木になにも強要していない。行き場をなくしていた二木を置いてくれて、東海林に勝るとも劣らない世話焼きぶりを見せてくれた。腑抜《ふぬ》けていた二木に、甘利の庇護《ひご》はありがたかった。服も、食事も、与えられるままに受け取った。

高校のときもそうだったが、甘利は二木を大切なペットのように扱う。

ペットというと語弊《ごへい》があるのだが……まさしく愛玩《あいがん》動物なのだ。目的は可愛がることなので、見返りは求められない。二木は気儘《きまま》にしていればいい。東海林のように「ちゃんとしろ」だとか「編集に迷惑をかけるな」というような口うるさいところもなく、ひたすらに鷹揚《おうよう》だ。

ベッドを共にしたのも、二木が言い出したことだ。

甘利とセックスがしたかったわけではない。けれど、ほかに方法が思いつかなかった。これが東海林と離れる唯一の方法だった。別の男と寝れば、さすがの東海林も自分を許さないだろう。事実殴られた瞬間、自分の方法は間違っていないのだとわかった。二木の考えは正しかったのだ。

それなのに、この奈落の底のような気分はいったいなんなのだろうか。

「……ぎりぎりまで自分を追い詰めないと、彼と離れられないというわけか」

二木の背中に口づけを落としながら甘利が低く呟く。

「う」

肩胛骨《けんこうこつ》に歯が当たる。

浮き出たそこを東海林もよく甘嚙《あまが》みした。同じことをされているのになぜ得られる感覚が違うのだろう。

甘利を嫌いではない。面倒見のいい人だと思うし、信頼もできる。

高校生の頃、甘利がいなければ二木はもっと学校で浮いてしまっただろう。海外へ渡ってしまってからも、何度も手紙をくれた。二木は一度も返事を書かなかったのに、卒業祝いのカードまでくれた。

「まあ、高校の頃から、そういうところが好きだったんだけど……たぶん、きみは気がついていなかっただろうな。僕も匂わせないようにしていたし」

背中に素肌が触れる。甘利がバスローブを脱いだのだ。東海林以外の人肌は二木にとって心地よいものではなくて、思わず首を竦《すく》めてしまう。

「あの頃もきみは、東海林さんの話ばかりしていたね。先輩は東海林みたいだ、先輩は東海林より優しいかも、先輩と東海林どっちが背が高いかなあ……って。まるで、毎日彼に会っているみたいに」

そうだったろうか。あまり覚えていない。

本当だとしたら、ずいぶん失礼な話だ。それくらいは二木にもわかる。

あれだけ二木の面倒を見てくれた甘利なのに、いつも東海林と比べられていたことになる。そこにはいない人間と比べられ続け、甘利は怒ったりしなかった。

「いまだに僕は、東海林さんの代用だね」

「あっ……く……」

脚のあいだに手を入れられ、そこを強く握られた。萎《な》えたままのそれは、容易に甘利の手の中に収まってしまう。

「きみが僕と寝る気になったのは、彼から離れるためだ。きみには口先だけの嘘なんかつけないからね。本当に不器用で、単純で、可哀相《かわいそう》なほどに真摯《しんし》で——残酷《ざんこく》な男だ」

甘利が少し怒っているのがわかった。少しではないのかもしれない。二木の分身は甘利の愛撫《あいぶ》にちっとも反応せず、申し訳ないほどだった。

「こっちも据え膳を食わないほど、お人好《ひとよ》しじゃないんでね」

自嘲《じちょう》するように甘利は言った。

ごめんなさいと、心の中で二木は謝る。自分が甘利を利用している自覚はあった。甘利に対して酷な真似をしているのもわかっている。

だからせめて身体の力を抜きたいと思うのに——二木の腕も、背中も、脚も、ちっとも言うことを聞いてはくれないのだった。

甘利に抱かれながら、心の中で東海林を呼ぶ。

甘利を東海林だと思うのは難しい。匂いが違うからだ。東海林と同じコロンをつけてもらえないかなどと、また失礼なことを考える。

それでもきっとだめだろう。

二木の身体に染み込んでいるのは、東海林のコロンではなく、東海林自身の匂いなのだから。


翌朝、甘利は本当にフレンチトーストを焼いてくれた。

真っ白な皿にはカリカリに焼いたベーコンが添えられ、熱々のミルクティーも入っている。東海林の入れてくれるミルクティーとは香りが違って、テーブルの上の缶にはアールグレイと書いてあった。フレンチトーストも東海林のとは違ってバゲットをスライスしたものだ。東海林は食パンを使って、ふわふわのフレンチトーストを作る。ふわふわでとろとろの味が懐かしかったが、口に出せるはずもない。

「気分は？」

仕事へ行く支度をすっかり調え、甘利はコーヒーを片手にシンクに寄りかかって聞いた。

甘利自身は朝食を摂《と》らない。まるでスタジオのようなキッチンは白いタイル張りの床と、銀色に輝くアイランドシンクだ。

「……平気……」

ふらついた足取りでテーブルにつき、二木は答える。結局昨晩はほとんど眠れなかった。苦笑とともに「そうは見えないけど」という言葉が返ってきた。

「僕はもう出るけど、少しでもいいから食べるようにね」

「ん……」

「仕事もあんまり根を詰めないように」

「……仕事……」

そう、仕事をしなければならない。表紙カラーのめどはついたものの、次は短編読み切りが控《ひか》えている。いいかげん、そのネームを作らないとまた佐伯に迷惑がかかってしまう。甘利は二木に仕事のできる部屋を用意し、机と椅子も揃えてくれているのだが、問題は二木の頭の中になにも浮かんでいないという点だ。

こんなことは初めてだった。

今までも産みの苦しみはあった。どこかにあるはずの『描くべきもの』を求めて、深い水に潜っていくような、砂漠の砂を掘り続けているような、泥の中の宝物を探しているような——そんな感覚はあった。

けれど、『描くべきもの』の存在そのものを疑ったことはなかったのだ。

どこかにある。なかなか見つけられないだけで、絶対にある。泥土に腕を突っ込み、必死にかき回していれば、二木の磨くべき石が見つかるはずだった。まだ光ってはいない石をうまく作品に昇華できるかどうかはまた別の問題で、そこも苦しくはあるのだけれど、とにかく『描くべきもの』は手にしているのだ。

だが今回は石を見つけられない気がする。

この世のどこにも、二木の『描くべきもの』などないような気がする。

「なんて顔してるんだい」

甘利に笑われてしまい、二木は自分の頬に手を当てた。いったいどんな顔をしていたというのだろうか。

「仕事、きついの?」

「……きついってほど、してない」

「量の問題じゃなくて、精神的な部分だよ。きみは繊細なとこがあるから」

「俺が繊細?」

そう、と甘利は二木に近づく。テーブルにコーヒーカップを置いて、中指で二木のパジャマの襟を軽く押し下げた。鎖骨の下を軽く撫でたのは、そこに自分がつけた痕《あと》があるからだろう。二木は身体を引きたかったが、紅茶を持ったままじっと我慢した。

「きみはすごく繊細だ。東海林さんに言われたことない?」

「ない。どっちかっていうと、鈍いってよく言われた」

「彼はきみをよく見ていないんじゃないのかな？　きみは間違いなく繊細な人だよ。だから無理しちゃいけない。仕事がいやなら、やめたっていい」

あまりにもあっさり言われて、二木はしばしぽかんとしてしまった。

「……やめる？」

「そう」

「けど……俺、マンガやめても、ほかになんもできないし、食っていけない……」

「きみひとりくらい、僕がなんとでもできるよ。ここにいれば家賃も食費もいらないんだし、また気力が充実してきたら、違う職を紹介することだってできる。きみだってマンガ以外にも、できることはあると思うよ？」

そうなのだろうか。マンガを描く以外にも、生きていく方法があるのだろうか。アルバイトですらろくにしたことのない二木なので、働いている自分を想像するのが難しい。

マンガを描かない人生。

アイデアが出ない苦しみや、思ったような線が引けない苦しみや、締切が迫ってくる苦しみのない人生——そういうのも、ありなのだろうか。

「もちろん、きみがそうしたければの話。じゃあ、行くね」

見送りに立ち上がろうとすると、甘利が「いいよ」と自分で二木のそばにやってきた。二木の肩を軽く押してもう一度座らせ、自分の身を屈めて頰に口づける。海外暮らしが長かっただけあって、慣れた仕草だった。

甘利が出かけたあと、二木はフレンチトーストを三分の二まで食べた。

食欲のなさは相変わらずだが、仕事のことを考えれば食べないわけにもいかない。甘利は「やめたっていい」などと言うが、そう簡単ではないだろうし、少なくとも約束した仕事を放っておくわけにはいかないのだ。

怠《だる》い身体で立ち上がった。

バスルームに入り、シャワーを浴びる。支度をして、外に出よう。

このまま部屋に閉じこもっていても、鬱々《うつうつ》とした思考になるばかりだ。東海林だったらきっと「散歩でもして気分転換をしろ」と言うはずで——ああ、だめだ。二木はシャンプーまみれの頭を打ち振り、泡をそこらじゅうに飛ばす。どうしても、東海林のことを考えてしまう。自分の中から東海林を追い出せない。東海林を忘れるなんて、一生できないのではないか。

でも仕方ない。

最悪より、少しいい。

東海林といられないダメージは大きいが、自分が東海林をだめにしてしまうよりましなのだ。東海林がいなくて自分がだめになるより、自分がいて東海林がだめになるほうがいやだ。そんなことになったら、二木は自分を許せない。世界一役に立たない人間でも構わないけれど、東海林の重荷になることだけは耐えられない。

身体を拭き、用意されていた服を身につける。

きれいなブルーのコットンシャツと、白いデニムパンツだ。

二木でも知っている有名ブランドのタグがついているそれらを纏い、髪には適当にブラシを入れる。玄関でいつものゴムサンダルを履こうとしたのだが、見つからない。仕方なく、やはり甘利の用意してくれた新品のモカシンに足を入れる。

行く当てなどなかったが、迫る締切が二木の足を書店へと向けさせた。

地下鉄で大きな書店のある街まで出る。人が少ないのはまだ開店直後だからだろう。二木自身、こんな早い時間に書店に出向くなど珍しい。

コミック売り場を端から眺《なが》めていく。

山ほどの本だ。全部マンガだ。いったい世の中にマンガ家は何人いるのだろうか。新人からベテランまで、どれほどの人がマンガを描いているのだろうか。

なんだか目眩《めまい》がしてきた。

アイデアを求めて書店にやってきたが、逆効果だったかもしれない。平台に置かれた有名作家の本たちが「で、なにを描こうっていうわけ?」「おまえが描かなきゃいけない理由なんかあるの?」と聞いている気がする。もちろん妄想だとわかっているが、あまり長居すると嘲笑の声まで聞こえてきそうで恐ろしい。我ながらこのネガティヴさがいやになる。

コミック売り場から逃げ出し、エスカレーター前で溜息をついていると「あれ、ルコちゃん?」という声がした。振り返ると、地味だが可憐《かれん》な花が咲いたような笑顔で「やっぱりそうだ」と言われる。

「あ。キャ……立花《たちばな》さん」

あやうく、キャンディさんと呼びそうになってしまい、言い直す。いくらソフトな印象とはいえ、どう見ても成人男性を捉まえてキャンディさんはないだろう。同業者だけの集まりならばともかく、ここでは誰が聞いているかわからない。

「すごい。こんな早い時間に同業者に会うなんてびっくりだ」

目を大きく見開き、立花が二木の前まで歩み寄る。その背後にある壁には、『とうとう《愛売る》映画化！　今冬、麗奈《れいな》の愛が世界を揺るがす！　原作本も絶賛発売中！』と書かれた大きなポスターが貼ってある。連続ドラマとなり、社会的ブームとまで評されたマンガ『愛なら売るほど』の作者が、まさしくこの立花キャンディなのだ。もちろんペンネームである。

「ルコちゃん、もしかして徹夜明けでそのままとか？」

よくよく考えてみると二木も成人男性なわけで、「ルコちゃん」はどうよと思わなくもないが、今さらだ。

「いや……そういうわけじゃなくて……」

「だよね。徹夜明けにしちゃ、すごくちゃんとしてるし」

「立花さんは？」

「俺はね……。あの、よかったらカフェに行かない？　時間、ある？」

二木は頷いた。この書店にはカフェも併設されているのだ。ふたりはまだ空《す》いている店内の目立たない場所に落ち着き、声を揃えてカフェオレを頼む。立花もコーヒーにはたっぷりミルクを入れたい派らしい。

「入稿したのが一昨日で、昨日は屍《しかばね》だったんだ。今朝は妙に早く目が覚めて、せっかくだから一日を有効に使おうと、外出してみました」

ニコニコと立花は語る。売れ方で言えば、二木や律など足元にも及ばない位置にいるのに、彼自身はごく控えめで地味な青年だ。今日もなんということはないポロシャツを着て、ありきたりのブルージーンズをはいている。律も含めて何度か食事をしたことがあるが、ふたりだけで話すのはこれが初めてになる。

「あの連載、終わったんだね。ファンだったからちょっと残念。本当に面白かったなあ」

屈託《くったく》なく言われ、少しくすぐったい。誉められるのは嬉しいが、どうしても照れくささが邪魔をしてしまい、素直に「ありがとう」と言いにくかった。

「次の仕事は？」

二木は運ばれてきたカフェオレに砂糖をたっぷりと入れ「短編」と答えた。

「けど……なんか、ヤバイっぽい」

「ヤバイ？」

「もうあんま時間ないのに、なにも思いつかなくて」

「うんうん、わかるよ」

立花もまたカップに砂糖をザラザラ入れつつ、同意してくれた。

「やらなきゃいけないのはわかってるんだけど、ダメなときはダメなんだよねえ……時間がないのも、周囲に迷惑がかかるのも承知なんだけど、こっちもどうしようもないんだ」

「立花さんでも、そういうことあるの？」

あるあるある、と立花は三回も言った。

《愛売る》のときなんか、しょっちゅうだったよ。そのたびおっかない担当に叱られてさあ。けど、俺の中で麗奈が動いてくれない限り、どうしようもないもん」

麗奈というのは、《愛売る》の主人公である。ごく一般的な事務職を生業《なりわい》としている女性なのだが、いろんな意味で個性的かつ強烈なキャラクターだ。

「俺はそれ以前の問題だよ。キャラクターが動かないどころか……なんだか、自分がマンガを描いてる理由がわかんなくって……」

え、と立花が首を傾げた。

「どうしたの。なにかあった？」

「なにっていうわけじゃないけど……」

東海林の件を喋るわけにもいかないいし、仕事とは直接関係ないような気もした。確かに東海林はいつも二木の仕事を見守っていてくれたが、それは文字どおりの「見守る」であり、作品に関して口を挟んだりはしなかったのだ。二木が感想を求めれば、言葉少なに語ってくれるが、そもそも東海林はマンガ好きではない。マンガに関するディープな話ならば、茜とのほうがよくするくらいである。

「もういっそ、やめちゃおうかな。マンガなんて」

「なに言い出すの！」

立花は驚き、身を乗り出さんばかりに二木を見る。

「へんな冗談やめなって。だってルコちゃん、マンガ描くの好きでしょ?」

「昔は好きだったと思うよ。今は……よくわからない」

「うーん、そっか……確かになにかとへこむことはあるけどさ、でも読者さんはルコちゃんのマンガ待ってるよ」

「そうかなあ……」

「そうだよ。俺だって一読者として待ってるもん。みんな楽しみにしてるよ?」

励ましてくれる立花をありがたいと思い、同時に少し複雑でもあった。同じマンガ家とはいえ、描いている作品も、読者層も違うし、ネームバリューは立花のほうがずっと上だ。そんな相手から「みんな楽しみにしてる」と言われても、今の二木は素直に受け止められない。

「みんなじゃない、よ」

甘くなりすぎてしまったカフェオレは喉に貼りつくようだ。

「俺が……マンガを描かなくなっても、べつに困る人なんかいない。読者は別のマンガを読めばいいし、編集は別の作家を見つければいいだけだよ」

「そんな……」

「マンガ家なんて、山ほどいる。代わりなんかいくらだっているんだ」

「でも、ルコちゃんはひとりだけじゃないか」

「そうだとしても……べつに、俺のマンガがなきゃ死ぬって人もいないだろうし」

カチン、と音がした。

立花がカップをソーサーに置いた音だ。項垂《うなだ》れていた二木が顔を上げると、どこか幼さの残る立花が眉を寄せて「なに、それ」と言った。

「俺たちマンガ家だよ？　医者じゃないんだ。人の命救うために描いてるわけじゃないでしょ」

いつもはマシュマロのように柔らかく喋るのに、立花の声は硬かった。

「そりゃそうだけど……」

「俺は、俺のマンガを読んで、ほんの短い時間でも楽しい気持ちになってくれればそれでいいと思ってる。確かにほかにもマンガはたくさんあるけど、その中から俺の作品を読んでくれることが、すっごく嬉しい。ほんとに、ほんとに嬉しい」

熱く語る立花に気圧《けお》されて、二木はなんと返せばいいのかわからない。もちろん二木だって、自分の作品を読んでもらえる嬉しさはわかっているつもりだが、締切に追われるに従って、ついそれを忘れてしまいがちなのも事実だった。

「だってさ、ルコちゃん。人間はみんないつか死ぬわけじゃない？　残り時間は有限なんだよ？そんな貴重な時間を使って、俺の描いたマンガ読んでくれるんだよ？」

「けど……それは……読者だって読みたくて読んでるわけで……」

「もちろんそうだよ。お金払って、読みたくて読んでる。つまんなければ、次は買ってもらえない。だからこっちも必死で描く。俺にしか描けないものがあるんだと思って描く。俺と読者さんの真剣勝負なんだ。代わりはいくらでもいるなんて……俺には、言えない」

立花の言葉は厳しかった。

二木に厳しいというよりも、自分に厳しいのだ。あれだけのヒット作を持ちながらも——いや、持っているからこそなのだろうか。己《おのれ》に厳しく、マンガを深く愛しているのがわかる。

「……たぶん、俺、立花さんほどマンガが好きじゃないんだよ……。マンガっていうか、自分の作品のこと、そんなにたいしたもんだとは思えない」

「……」

「俺のマンガなんか、みんな、すぐ忘れるよ」

ヒクリと立花の頬が引きつったが、言葉はない。

「立花さんが、羨《うらや》ましいくらいだよ。愛が、あるよね。マンガに対してさ……俺、なんか、そういうのもう……ないのかもしんない……」

立花はしばらくなにも言わずに二木を見ていた。まるで二木の真意を探るかのようにじっと顔を見つめ、だがやがて視線を下に落とす。もう半分になっていたカフェオレを一口飲み、小さな声で「なら、仕方ないね」と呟く。

「愛がなきゃ、マンガなんて描けないもんね。そしたらもう、やめるしかないね」

声音《こわね》は硬いままで、立花は少し怒っているようだった。二木がマンガを描きたくないと、なぜ立花が怒るのだろう。よくわからないが、とにかくその場の雰囲気が悪いのは間違いない。

先に席を立ったのは立花だった。自分のぶんのカフェオレ代を置くと「俺、そろそろ」と二木を見ないまま腰を上げる。

二木はただ「うん」と反応しただけで「さよなら」も「またね」もなかった。

立花がいなくなってもしばらく、二木はひとりで座っていた。自分の気分がよくわからない。腹が立っているのか、悲しいのか、あるいは同業者に気持ちを理解してもらえなくて落胆しているのか。

愛がなきゃ、マンガなんて描けない——立花はそう言った。

愛とはなんなのだろう。難しすぎて、二木にはよくわからない。確かにマンガを描くのは好きだけれど、それが愛なのかどうかなんて考えたことはなかった。

ただ、二木は読んでもらいたかったのだ。

自分の描いたマンガを、誰かに読んでもらいたかった。描くだけではだめだった。たとえ貶《けな》されたとしても、誰かに読んでもらいたかった。それはもしかしたら、自分がここにいるということを……この世に存在しているということを、認めて欲しかったのかもしれない。

「べつに認めてもらう必要などない」

ふいに聞こえてきた声に、二木は斜め後ろを窺《うかが》い見た。

あまりにもタイムリーな発言だが、もちろん二木に向かって発せられたわけではない。カフェの奥まった席に、ふたり組の男性が座っているのだ。二木からは両者の横顔が見て取れる。ひとりは背広姿で、もうひとりは……この暑いのに真っ黒なシャツとスラックスを身につけた男性だった。サングラスをかけているので顔の全貌《ぜんぼう》はわからないが、骨格からして日本人離れしている。ちょっと絵にしてみたくなるほどに、雰囲気のある男だ。

「またそんなこと言って。人間は歳を取ると頑固になるってのは本当なんですねえ」

眼鏡《めがね》にスーツの青年が言った。歳、というのは黒ずくめの男のことだろうか。二木の見る限りではせいぜい三十前後に見えるのだが。

ふたりが座っているのは四人掛けの席で、空いている椅子にはぎっしりと本が詰まった紙袋が三つも置いてある。資料の買い出しなのだろう。一瞬同業者かなとも思ったが、黒ずくめの男はどう見てもマンガ家に見えない。どちらかといえば、モデルとそのマネージャーという組み合わせだ。黒ずくめの美男はトマトジュースを飲んでいるだけだが、眼鏡青年のほうはパスタとサラダのセットを食べている。

「誰が頑固だ」

「先生ですよ。頑固で意地っ張りでひねくれ者じゃないですか。せっかく賞をもらったんだから、素直に喜べばいいのに」

「誰もくれとは言っていない」

「くれと言ってもらえるものじゃないですから」

「私が賞を取って嬉しいのはおまえたち出版社だろうが。これでまた重版がかかって儲《もう》かるわけだからな」

「もちろん嬉しいですよ？　僕らだって稼《かせ》ぎたいですからね。吸血鬼と違って、米も味噌《みそ》も買わなきゃならないし。とにかく、来週のパーティーには絶対に出席してもらいます。そのためにも、今週中にはネームを上げていただきますよ。もう資料がないとは言わせませんからね」

会話をよく聞こうと、二木の身体が不自然に斜めになった。

どうやら見た目に反して、同業者らしい。賞を取った、ということは大物作家なのだろうか。マイナー路線で活躍中の二木には縁のない話なので、最近どんな賞を誰が取っているのかはあまり知らなかった。

「確かに資料を揃えろとは言ったが、朝っぱらから本屋をうろつくとは思わなかったぞ」

「深夜に書店さんはやってません。それに先生、午後になると暑いからって外出ないじゃないですか。そしたら朝イチしかないでしょうが」

「こんなことならネット書店でよかった」

「中身が見えなきゃダメだと言ったのは誰ですか」

「……腹が減ったな」

「さっき食べたでしょ。おかげで僕はふらふらです。ああ、血糖値を上げなくちゃ。……すみません、マンゴーパフェを追加してください」

通りかかった店員に、眼鏡青年が頼んだ。作家を差し置いて、担当がひとりでむしゃむしゃ食事をしている図というのも珍しい。

「そうだ。授賞式とパーティーだが、ケイトを代わりに行かせるというのはどうだ。ちゃんとした格好をさせれば、なかなか見栄《みば》えするぞ」

「だめですよ。びっくりすると耳とシッポが出るんだから」

「そういう仕掛けなんだと思うさ。ウケるんじゃないか？」

「いいかげん諦《あきら》めたらどうです。首に縄をかけてでも連れていきますからね。天下の毛塚《けづか》賞なんですよ？　光栄に思えばこそ、なにを面倒がってるんですか」

毛塚賞。さすがの二木もその名前くらいは知っていた。出版社の枠を超えて、時代を象徴する名作マンガに与えられる賞だ。昨年は《愛売る》が受賞した。そして今年の受賞作は美少女吸血鬼の活躍でアキバ系男子たちを悶死《もんし》寸前にさせた――《ゴスロリ吸血少女ΨちゅるちゅΨる》のはずである。アニメにもなり、いまや海外でも人気爆発と聞いている。

ということは、この黒ずくめモデル男はチュルの生みの親である黒田瑞祥《くろだずいしょう》ということか。風の噂で美形だと聞いてはいたが、ここまでとは知らなかった。

「だから、賞が欲しくて描いているんじゃない。他人や権威に認められたくて、マンガを描いているわけじゃないんだ」

「ではなぜ描いているんです？　権威はともかく、他人に認められたいというのはあるはずです。マンガを描く。それを読んでもらい、なにか言ってもらう。言わないにしても、なにか思ってもらう。目には見えない繋《つな》がりができる――一種のコミュニケーションですよね。他者とコミュニケートしたいというのは、人間の基本的な欲求でしょう？」

パスタを食べ終わり、届けられたパフェのスプーンを取って眼鏡青年が言った。

「知るか。私はおまえと約束したから描いているだけだ」

「はいはい、いつもそこに逃げますね先生は。でも……本当は約束なんかなくても、描いてると思いますけど」

「なぜそんなことが言える」

さあ、と眼鏡青年がマンゴーアイスを頬張って首を傾げる。

「理由はわかりませんけど、先生の作品を読んでいると……チュルの目を見ていると、そう思えるんです」

「ふん。オタクめ」

「オタクですよ？」

ずり下がった眼鏡を上げ、青年は堂々と言い返した。

二木は伝票を摑んで立ち上がる。レジに向かう前に、チラとふたりを振り返った。いつのまにか黒田瑞祥はサングラスを外していて、パフェを食べる担当をじっと見ていた。

あんな視線を、二木も知っている……なんだっけと考えかけて、すぐに思い出し、同時に悔《く》やんだ。思い出さなければよかった。あれは東海林の目だ。二木がなにか食べているとき、それを黙って見つめている東海林の目——もう、二度と手に入らないものだ。

時刻は昼に近く、外はかなり暑くなっていた。

真上に近い太陽が、じりじりと二木の脳天を焼く。

あてどなく歩きながら、二木は考える。

コミュニケーション。目には見えない繋がり。眼鏡青年はそんなことを言っていた。自分もそういうものを求めているのだろうか？　意識したことはないが、心のどこかで求めていたのだろうか。だからマンガを描いていたのだろうか。

「……わかんねえよ……」

二木は自分の心中を、言葉に表すのが苦手だ。

順序立てて整理し、筋道を立てて思考するのも苦手だ。二木は部屋も散らかすが、頭の中も派手に散らかったままで、ちっとも片づかない。たぶん、だからマンガを描くのも時間がかかるのだろう。今描くべきものと、そうでないものを見分けるのに時間がかかりすぎる。ぎりぎりになるまでうろうろと探し続け、それでも見つからなくて頭を抱え、布団《ふとん》に潜り込んで逃げを打つ。思えばいつもその繰り返しだった。

——こら、二木。

布団を剝《は》ぐのは、東海林の役割だった。

外界との断絶でもある布団を、二木を転がしながら強引に剝がした。食事をさせ、風呂に入らせ、人間らしい状態に戻してから「仕事をしろ」と言った。まだ大丈夫だ、ちゃんと間に合う、焦《あせ》らなくていいから、おまえのするべきことをしろと言った。

鼻の奥がツンとする。

情けない。東海林を思い出すたびに泣けてしまう。こんなことじゃだめだ。もう東海林はいないのだから、自分だけで頑張らなければいけないのだ。どう頑張ればいいのか、さっぱりわからないけれど、とにかく描かなければならない。東海林に「やっぱり俺がいないとダメなやつだ」と思わせてはならない。東海林を安心させなければならない。安心して、もっと自由で有意義な人生を送れるように……二木のことなんか、忘れてしまうように。

東海林に忘れられることを想像したら、胸に穴が開いた気がして、思わずシャツの胸元を摑む。大きく開いた穴に、背中側から夏の風が通り抜け、指のあいだを滑っていく。

この空洞《くうどう》が塞《ふさ》がる日が、いつか来るのだろうか。

来なかったとしても仕方がない。自分でした選択なのだ。

背中を丸めて胸を押さえたまま、二木は佐伯に会うべくネオジェネ編集部に向かう。今頼りにできるのは、長年二木を導いてくれた担当のほかに思いつかなかったのだ。

7

「……うわ、どなたですか」

小さな目をめいっぱい大きくして、佐伯が尋《たず》ねた。

もちろんわかってて聞いているのだから、東海林は返事をしない。むすっとした顔を取り繕《つくろ》いもせず佐伯の前に腰掛け、オーダーを取りに来たウェイトレスに「アイスコーヒー」と短く告げる。足を組むと周囲に気を配ることもなく煙草を咥《くわ》え、挨拶《あいさつ》の代わりに「暑いですね」と無表情に言った。

ネオジェネ編集部近くの喫茶店である。佐伯がよく打ち合わせに使う店らしい。

八月の半《なか》ばは、都心の人口が一時的に減る時期だ。いつもは混雑しているこの喫茶店も、今日ばかりは客が少ない。カウンターの内側で、蝶《ちょう》ネクタイのマスターがあくびを嚙《か》み殺しているのがわかった。

「なんだか、東海林さんじゃないみたいだなあ」

驚くと同時に面白がっている風情《ふぜい》の佐伯に、東海林はザリッと顎《あご》を撫でて答えた。

「ちょっと無精髭《ぶしょうひげ》が生えただけですよ」

「ちょっとじゃないから、それ」

佐伯が笑う。何日ひげそりを怠《おこた》っているのか、東海林自身よく覚えていない。

「髪もぼさぼさだし、着てるものも東海林さんっぽくない」

「腕がこれですから、着脱が楽なものじゃないとね」

今日の東海林は襟ぐりの広いTシャツに、最初から皺だらけの加工をしてあるシャツを羽織《はお》り、さらにカーキ色のルーズパンツという出で立ちである。かなりカジュアルなこのスタイルは確かに自分らしくないと思うが、ここしばらくはずっと似たような格好だ。骨折の問題はもとより、ピシッとした服を着たくないという気分もある。髪を整えるのも片手では面倒で、ついつい適当になっていた。さらに服がルーズだと精神的にもルーズになるようで、座り方までだらしなくなってしまうから不思議だ。

「なんか、東海林さんがルコちゃん化しているような……」

「やめてください。そこまでひどくないはずです」

「はは、冗談だよ。着崩してても東海林さんですからね、ワイルドな雰囲気でかっこいい。でも、その格好で仕事に行ってるの？」

まさか、と東海林は煙草の灰を落とした。

この数日は、夏ばてと称してギャラリーにも出ていない。家族はみな、東海林の様子がおかしいことを察して、扱いに困っている様子である。基本的に優等生で手のかからなかった息子が、家でのらくらし、昼間からビールを呷《あお》る始末だ。そりゃあ困惑もするだろう。東海林自身、自分に起きている現象に戸惑《とまど》いを感じている。

「それで、佐伯さん。話ってなんですか」

煙草を咥えたままで聞いた。どうも最近、煙草がすぐ短くなるようだ。もちろん東海林の気のせいであり、要するに喫煙本数が増加しているわけである。

「言っておきますが、二木のことなら俺は知らないし、知りたくもありません」

「まあまあ、そう警戒しないで」

穏やかに佐伯は言った。愛想のいい、小熊のようなオッサンではあるが、あの二木をプロデビューさせた男である。それなりに策士のはずだと東海林は踏んでいた。

「あいつとは縁が切れました。俺はもう、二木の御世話係じゃありませんから」

東海林が甘利の部屋を訪ねた日から、五日がすぎていた。

よもや自分が捨てられるとは思ってもいなかったので、東海林の衝撃は相当に大きかった。あの二木が、東海林を捨てたのである。もういらないと言ったのである。新しい御世話係がいるからと、そいつと寝たからと、見限ったのである。

ショックなんてものではない。

その日から数日は、ろくに食事も摂れなかった。悲しみや落ち込みとは少し違う。あまりにも想定外の現実に驚き、自律神経がおかしくなったのだろう。消化器系統が全面ストライキに入り、消化も吸収も停止し、嗅覚《きゅうかく》と味蕾《みらい》まで仕事を放棄した。身体が唯一、受け入れを許諾《きょだく》したのがアルコールで、なにも食べずに飲み続けるものだからあっというまに胃を壊した。飲んでは吐きを繰り返して数日、やっといくぶん我に返って、少しは食事もするようになり、今に至る。

要するに、仕事もせずに飲んだくれているわけだ。

みっともないという自覚はある。正直、佐伯にも会いたくなかった。二木の身近な人物に、この有様を見せたくなかった。

それでものこのこ出てきたのは、いわゆる未練というやつだ。東海林にあんなことを言ってしまい、二木はひどく後悔している……そんな話が聞けるかもしれないという期待があった。もっと言えば、二木が俺と離れていられるわけがないじゃないかと、一縷《いちる》の望みを抱いている自分もいる。それがまた情けなくて、東海林は延々と自己嫌悪に陥《おちい》る羽目《はめ》になるのだ。

「東海林さんには悪いけど、ルコちゃんの話なんだよ。彼、なんだかおかしくてね」

「……おかしいって？」

元気がないとか？　さみしそうとか？　仕事がぜんぜん進んでなくて、やっぱり東海林がいなきゃだめなんだってぐずっているだとか……？

だが、佐伯の答えは東海林の期待から外れていた。

「仕事をね。してるんだよ、ちゃんと」

東海林は下ろしている前髪を掻《か》き上げ「は？」と佐伯を軽く睨《にら》む。

「いいことじゃないですか。佐伯さんも助かるはずだ。おおかた、甘利さんが手取り足取り面倒見てるんでしょうよ」

「それはないと思う。……東海林さんだって知ってるだろ。ルコちゃん自身の世話はともかく、マンガの仕事だけは、ほとんど手伝いようがない」

まあね、と東海林は煙を吐いた。マンガを描くと一口にいうが、実際に「描く」のは最終段階である。「描く」に至るまでの道のりが長く、二木はいつもそこで苦しんでいた。いざ描き始めてしまえば、あとは時間と体力の問題となり、そこでやっとトーン貼りなどの単純作業を手伝える程度だ。

「じゃ、なにがおかしいと？」

「何日か前に、突然会社に来たんだ。やたらと真面目にネームの相談なんかして、昨日にはもうネームが上がってきた」

「だから、それのどこが問題なんです？」

「そのネームなんだけど、読者ウケはいいと思うんだ。でも、なんだかルコちゃんらしくない。描いた本人も『たぶん、こういうのみんな好きだよね』なんておかしなこと言ってたし」

東海林は煙草を灰皿に押しつけ「いい傾向じゃないですか」と応《こた》えた。届けられたアイスコーヒーには手をつけず、ただグラスが汗を掻くばかりだ。

「消費者を気にすることも、商業作家としては必要でしょう？」

「人によるよ。ルコちゃんはそういうことを気にして描くと自滅するタイプだ」

佐伯ははっきり「自滅」と言った。東海林は新しい煙草を取り出しながら「大袈裟だな」と作り笑いを見せる。だが、二木をよく知る編集者は真面目な顔で首を横に振る。

「読者の視線や声を、力にできる作家は確かに多い。もちろんルコちゃんにもそういう部分もあると思う。でもね、基本的には自分の内面を表に出していく作家なんだ」

「内面……」

「そう。言ってみれば、彼は『創作』は得意じゃない。壮大なスケールの物語や、胸躍《おど》る冒険譚《ぼうけんたん》は描かない。自分の内部を抉《えぐ》り取ってきて、それをさらけ出すタイプの作家だ。……エンタメが基本のマンガ家としてはかなり珍しい部類だね」

「……でしょうね。画家なんかには、いますが」

佐伯の言わんとしていることは、東海林にも理解できた。マンガに詳しくない東海林ではあるが、それでも二木の描くものが風変わりなのはわかる。だからこそ、二木は唯一無二のマンガ家となれるだろうし、たとえば巷《ちまた》で流行の《愛売る》のような爆発的ヒットは出せないだろう。

「自分の内部を抉り出すなんて作業、本来マンガには不向きなんだよ。それはたぶん、芸術っていう分野の仕事なんだろうと俺は思っている。だから、ルコちゃんがマンガ家に向いているかどうかといえば、たぶん向いていない。本人も相当きつそうなのは、ずっと見てきてわかってる」

だけどね、と佐伯は続けた。

「それでも俺は、ルコちゃんにマンガを描いて欲しい。だって、こんなマンガ家はふたりといない。僕の編集人生で、もう巡《めぐ》り会えないと思う」

真摯なその言葉に、東海林は「二木は、幸せですね」とぼそりと返す。

「担当編集に、これだけ入れ込んでもらえたら、マンガ家として幸せだ」

「うん。僕は入れ込んでるよ。だからこそ、心配なんだ。今回、ルコちゃんが僕に見せてくれたネームは明らかに読者を意識しすぎている。今後この路線で続けたら、ルコちゃんは……あっ」

口を「あ」の形にしたまま佐伯が固まった。

誰かが店に入ってきたらしい。足音はふたりぶん聞こえる。

「佐伯さん、やっぱりここにいたんだ」

耳に馴染《なじ》んだ声に、今度は東海林が固まる番だった。

「えっと、俺、今朝カラー上がったんだ。思ったより早くできたから持ってき……」

佐伯の横まで来た舌足らずの男が東海林に気がつく。そんなにしたら目玉が落ちるぞというほどに目を瞠《みは》り、喉仏がコクリと上下した。

「しょ……」

「おや。誰かと思ったら東海林さんでしたか」

芝居のセリフのように、するすると喋ったのは甘利だ。いたらいやだけど絶対にいるだろうと思っていると現れる……実にうっとうしい男である。まるで夏場のゴキブリだが、害虫と違ってやたらと見栄えはいい。今もウェイトレスの視線が、甘利の動きにシンクロしていた。

「偶然ですね。それは、イメチェンというやつですか?」

「いえ。……腕がこれなので」

言葉少なに返す。この姿を一番見られたくないふたりに出くわした東海林は、自分の運の悪さを呪《のろ》った。甘利は生まれたときからにやにやしていたんだろうなという顔で「ご一緒しても?」と言いつつ、答えを待たずに東海林の横に座る。突っ立っていた二木も、おどおどしつつ佐伯の横に腰掛けた。

最悪の展開だ。

もしや佐伯が仕組んだのではと一瞬思ったが、気まずそうな顔からしてそれはないだろう。東海林は二木を見る。見るべきではないと思いつつ、習い性で見てしまう。

これはどこの美青年だろう。

髪は癖をうまく利用して整っている。顔色はあまりよくないが、頬も顎もつるつるとして、髭の剃り残し一本も見あたらない。白い薄手のニットはV襟、その上にジャケットまで着て、インディゴのデニムをはいている。二木が夏場にジャケットを纏う姿など、東海林は初めて見た。

大きな茶封筒を抱えたまま俯き、なかなか顔を上げない。

オーダーは甘利が二木のぶんまで頼んだ。自分にはコーヒー、二木にはバナナミルクシェイクだ。悔《くや》しいが、正しいオーダーである。顔色からして二木は朝食を抜いていて、血糖値が下がっている頃だろう。

「こんなところで東海林さんとお会いできるとは思わなかった。よかったねえ、二木くん。元気にしているか気になってたんだろう?」

そらぞらしい甘利のセリフに、二木は反応できずに固まるばかりだ。

東海林は自分自身に「平常心平常心平常心」と唱え続けなければならなかった。今血圧を測れば、間違いなく高血圧症薬が処方されてしまうだろう。僅《わず》かな救いは、二木と甘利が並んで座っていない点だ。隣同士なんぞになられた日には、甘利に抱かれる二木をリアルに想像し、その場で咆吼《ほうこう》してテーブルをひっくり返しそうだ。

目には見えない嫉妬の蛇を、東海林はもてあます。

振り払おうとしてもがくほどに、この手に、足に、絡みついてくる。

「ヒ、ヒゲ……」

やおらに二木が言う。

顔は下を向いたままなので、誰に喋りかけているのかはわからない。

「ヒゲ、のばしてんの……？」

佐伯も顎髭の持ち主だが、これは以前からだ。となれば東海林に向けた言葉なのだろう。「剃るのが面倒なだけだ」と答えると、やはり顔を上げないまま「そっか」と小さく呟いた。おまえが捨てた男に、まだ興味があるのか？　そう聞きたい気もしたが、あまりにみっともないのでやめておく。

「えーと。ルコちゃん、カラー上がったって？」

「う、うん」

「見せてもらえる？」

二木は頷き、封筒を佐伯に差し出す。

佐伯はすぐにそれを開封して、中のカラー原稿を確認した。ああ、いいね……口ではそう言ったが、目には迷いの色が浮かんだのが東海林にはわかる。

「きれいに仕上がってる。……塗り方、少し変えた？」

「キャラが……目立ったほうがいいのかなって……」

「そっか。うん、こういうのもいいね」

東海林は黙ったまま煙草を吸い、横目で二木の絵を眺めていた。いい悪いは別にして、二木らしい色遣《いろづか》いではない。一般ウケはするだろう。以前、アシスタントに口出しをされながら仕上げた絵に少し似ている。あのとき二木は『これは俺の絵じゃない』と言って落ち込んでいたが、自分の意思でそういう絵に仕上がったのならば、それはそれでいいのかもしれない。

「明け方まで描いていたんですよ」

甘利が保護者のように言い添える。

「あまり無理をしないように言ったんですが、聞かなくてね」

「な、波が来たときに描いちゃわないと……」

「はいはい、わかってるよ。ほら、飲みなさい」

甘利はバナナミルクシェイクにストローを差し、二木に差し出した。二木はグラスを取って飲み始めたが、肩に力が入っている。東海林の視線が気になるのかもしれなかった。

「なんだか進行が早すぎて怖いくらいだなあ……。あのねルコちゃん、本当に無理しなくていいんだからね。ほら、環境も変わったばかりだし……」

「無理は、してないよ。先輩も、協力してくれてるし。仕事部屋も用意してくれたんだ。新しい机と椅子で、画材も揃えてくれて」

早口に二木は言った。失敗をしでかしたときの子供の言い訳にも似た口調《くちょう》に感じられるのは、東海林の思い込みなのだろうか。

「あの……だけど……」

「だけど？」

佐伯が続きを促《うなが》したが、二木はもごもごと口籠《くちご》もり、そこから先の言葉が続かない。

「だけど、少し疲れているようなんですよ」

代わりに口を開いたのは甘利だ。

「僕も近くで見るまでは知らなかったのですが、マンガ家というのは大変なんですね。彼、仕事部屋に入ると、飲まず食わずに近くなるんです。ちゃんと食事くらいしなさいと言うんですが、浮かんだことが逃げちゃうだとか、手が止まると線が変わるだとか言って」

苦笑しながら言う甘利に、佐伯は「はあ」と頭を掻いた。「うちの子に宿題を出しすぎです」と保護者に文句を言われている担任教師のようにも見える。

確かに、二木は一度仕事を始めるとほかの一切を放棄する傾向がある。

そうなったらもう諦めるしかない。東海林は二木のそばに手軽に食べられて消化のいい軽食を用意し、水分だけはまめに取らせ、あとはひたすら見守るだけだ。一区切りつけば、勝手に部屋から出てきて「腹減った」だの「頭かゆい」だの言い出す。

「精神的にもかなり追い詰められるようですし……このへんで休むことも必要じゃないかと思うんですよ」

「休むって……ええと、今までが休み期間だったわけですが」

戸惑う編集者に、甘利はにこやかに「もっと長期という意味です」と返した。

「幸い、次の仕事は読み切りの短編だと聞きました。これはお約束したものだから、当然やらなければならない。でも、それが終わったらしばらくのんびりと……」

「いや、甘利さん、それは困ります。うちの雑誌は今、ルコちゃんのおかげで売上が伸びているんです。ここで休まれるのは痛いし、長く活躍して欲しい。他社と比べても、無理をさせているつもりはありませんし……」

「他社は関係ないんですよ、佐伯さん」

顔は笑っているが、声には一切譲る調子がなかった。

「これは私見ですが、もともと二木くんにはマンガ家という仕事があまり向いていないんじゃないかと思うんです。彼はセンシティブなところがあるし」

「しかし、ルコちゃんはマンガが好きで」

「好きでも、疲れることはあるでしょう？　……こんなこと編集さんの前でなんだけど、本当はマンガをやめてもらってもいいくらいです」

「そんな」

佐伯が困惑声を出し、東海林は心中でアホかと思った。

二木にマンガ家以外のなにができるというのだ。それとも、ペットよろしく家の中でゴロゴロしていればいいだけの存在にしようというのか。

当の二木本人は、黙りこくったままストローの紙袋を弄《いじ》くり回している。疲れているというのは本当なのだろう。二木は我が身を削《けず》るようにマンガを描くのだから、疲れないはずはない。

それは東海林にもよくわかっているが、だからといってこの男にマンガ家をやめろとは口が裂けても言えやしない。

「マンガだけが仕事じゃないし。たとえば、僕の秘書になってもらってもいい」

「は」

つい声に出して嗤《わら》ってしまった東海林を、横にいる甘利がちらりと睨んだ。失礼、とすぐに詫びたが、甘利は微笑《ほほえ》みつつも見逃してはくれない。

「可笑《おか》しいですか？」

「可笑しいですね」

聞かれた以上ははっきり答える。東海林はちっともこっちを見ない二木に目をやり「こんな秘書がいたら、仕事は混乱を極めます」とつけ足す。

二木の耳が真っ赤になり、俯く角度が深くなる。

「俺なら絶対に雇《やと》いません。……二木はマンガを描いているべきだ」

「それは本人が決めることなのでは？」

「本人はわかってるから、マンガ家をやっているんでしょう」

「なるほど。僕には、ときおり『もういやだ、つらい』と零《こぼ》すものですから、それならば別の道もあるよと話しているんですが」

「こいつに別の道なんかありません。どんなにつらくても、やめるべきじゃない」

二木がおもむろに顔を上げた。

瞬きを二、三度繰り返し、なにかを問いかけるような目でこちらを見ている。

「なるほど。東海林さんはよほど彼の作品のファンらしい」

作品を読みたいから、マンガ家をやめるなと言っている——甘利は東海林の発言をそう捉《とら》えたようだ。残念ながら、見当違いも甚《はなは》だしい。

「いいえ。一応目は通しますが、ファンというほどでは」

「では、愛読者でもないのに、描き続けろと言っているわけですか？」

「そうなりますね」

「おやおや。二木くんも、ずいぶんと傲慢《ごうまん》な友人を持ったものだ」

にこやかに他人を傲慢扱いする甘利に、東海林も薄笑いを浮かべて見せる。だが言い返しはしなかった。二木にとっていかにマンガを描くことが重要なのか、甘利に説明する必要はない。

二木がマンガを描くのは——たとえて言えば呼吸をするようなものだ。

それくらい当たり前で、かつ絶対的に必要なことなのだ。

二木は生きるのが下手だ。他人と交流するのが下手くそだ。言葉を知らないし、他者の気持ちにいまひとつ鈍感だし、しかも自分の気持ちにすら鈍感である。

だからこそ、自分と向かい合い、世の中と繋がっているために、二木はマンガを描いている。描き続けている。

マンガを描かなくなってしまえば、二木は自分をもてあまし、世界との繋がりをなくす。

それがどれくらい不幸な事態なのか、想像すらつかない。

たとえば甘利がいて、生活の面倒をすべて見てくれたとしてもその不幸は変わらない。もちろん相手が誰だろうと、たとえ東海林の場合でも同じだ。

二木にとって、マンガは扉だ。

自分と世界を繋ぐ扉。そこから外へ出ていける扉。そして帰ってこられる扉。

どれだけ深い闇の中にいようと、扉の隙間《すきま》からは光が漏《も》れ、それが二木を誘う。

佐伯は二木がマンガ家には向いていないかもしれないと言った。エンタテインメント業界ではずっと異分子のままだろうと言った。そうなのかもしれない。だがそうだとしても、二木はマンガを描き続けるしかない。

それが二木にとって生きるということなのだ。

おそらく本人に自覚はないだろうが、長年近くで見守ってきた東海林は確信している。だからこそ、絶対に二木からマンガを奪おうとは一度も思わなかった。

「やめるなよ」

東海林は二木を見て言った。初めてまともに視線がぶつかる。

「おまえとはもう会うこともなくなるだろうから、最後にこれだけ言っておく。マンガはやめるな。どんなに苦しくても、なにがあっても続けろ」

「しょ……」

二木の言葉を遮るように、東海林は立ち上がった。

ポケットに手を突っ込み、アイスコーヒー代の裸銭をじゃらりとテーブルに出す。

最後のセリフを考えながら、二木を見下ろした。

眉が下がり、目は潤《うる》んで、捨てられた子犬のような顔をしていた。捨てたのはそっちのほうなのに、なぜそんな顔をする？　おまえは俺じゃなくて甘利を選んだんだろう？

東海林の内心が伝わったのだろうか。二木はやがて目を逸らし、縋《すが》るように甘利を見る。

別れの名台詞《めいぜりふ》は思いつかなかった。結局、なにも言わずにそのまま喫茶店を出る。

東海林を呼び止めようとしたのは、唯一佐伯だけだった。


偶然の再会から一週間がすぎた。

東海林は三日前から、ひとりでアパートに戻っている。思い出がみっちり詰まった空間にいるのは正直きついが、部屋をいつまでも放置しておくわけにもいかない。自分の荷物をまとめて、転居先が決まったら運び出そうと思っているのだ。

二木もここを出るのだとしたら、それはそれで好きにすればいい。あるいは、ここを仕事場として使うのもいいだろう。古い物件だが、立地と環境は悪くないし、二木には馴染んだ場所だ。すべての準備が整ったら、佐伯を通じて二木にそう伝えるつもりでいた。

「……我ながら、ひどいもんだな……」

洗面所の鏡を見て、ぼそりと呟く。

髭はあのあとも伸び放題、頬はげっそりと削《そ》げ、目の色も濁っている。よれたスウェットパンツに、襟の伸びたTシャツ――佐伯ではないが、これではまるで二木のようではないか。

ひどいのは東海林本人だけではない。

バスルームの引き戸は開けっぱなしなので、鏡の奥にダイニングキッチンの有様が映し出されている。せっかく業者に来てもらい、火事の痕跡《こんせき》はほぼなくなったというのに、今度は場末の酒場でひと乱闘あったかのような荒れ具合だ。ビール缶や酒瓶《さかびん》があちこちに散乱しているのは、昨日の深夜、酔っぱらった東海林が足を滑らせてひっくり返ったからである。ちなみになぜ足が滑ったのかというと、マヨネーズのチューブを踏んだからだ。酒のつまみにマヨキュウリを食べようとしたがゆえの惨劇《さんげき》である。マヨまみれになったパジャマは、脱衣籠《だついかご》に突っ込んだままなので、いまだに酸《す》っぱい匂いが漂っている。

二木と離れたことで、東海林はひとつの衝撃的な事実に直面していた。

どうやら自分は、思っていたよりずっとだらしない人間だったらしい。

今まで二木を見るたびに「どうしてこう散らかせるんだろう」と考えていたが、散らかすという行為はごく簡単だった。要するに、片づけなければいい。二木と違うのは、散らかすのはダイニングキッチンに限定しているところくらいだ。ほかの部屋は粛々《しゅくしゅく》と荷物整理が進んでいる。

酒を飲み、ひとりくだを巻き、散らかして、放置する。

風呂すらろくに入っていない。腕が自由に使えないというのは言い訳で、単に面倒くさいだけである。さすがに下着くらいは替えるが、この三日風呂をサボっている。室内は冷房が効いているので汗だくになることはないものの、今までの東海林にはあり得ない事態だ。

さっきからあまりにしつこく兄からの電話とメールが続いたので、こうしてようやくバスルームに立ったものの、身だしなみを整える気力はまるで湧かない。

今日、東海林は見合いをする。

ほとんど騙《だま》し討《う》ちのような見合い話で、昨晩突然父に命じられたのである。もちろん突っぱねたのだが、先方は東海林美術にとって大切な相手であり、今さらやめますとは言えない、会うだけでいいからと、あの頑固一徹《いってつ》の父が東海林に「頼む」と頭を下げたのである。

当然ながら、相手は女性だ。男のほうが好きな東海林にとっては、無意味この上ない。

自分の性指向に迷いがあった頃は女性ともつきあってみたが、結果としてはやはり同性を相手にしたほうが、すべてにおいて自然であると思い知った。こんな自分が女性と結婚していいはずもないのだが、かといって家族にカムアウトする準備もできていない。現時点で東海林にできることは、今回の見合いをどうにか破談に持っていくことくらいだ。

手にしていたシェーバーを見て少し考え、顎髭はわざと残して剃った。

ピシリと格好のいい東海林達彦を見せる必要はないのだ。かといって臭いままというわけにもいかないので、とりあえずシャワーは浴びた。ギプスに防水カバーを巻き、片手で髪を洗う。いいかげんに乾かし、わざとぐしゃっとした感じに仕上げる。

スーツを着るべきなのは重々承知だったが、あえててれてれした生地の黒シャツに袖を通し、そのへんにあったやはり黒のボトムをはき、サングラスをかけた。その姿で表に出たところ、ぶつかりそうになった若い男が「す、すみませんっ」と上滑りの声で詫びる。なるほど、コンビニのガラスに映った自分の姿は、ケンカ沙汰《ざた》で腕を骨折したチンピラのようだ。

東海林は大通りでタクシーを拾うと、兄が待っているはずのホテルへ向かった。車内でまた携帯が鳴ったので、不服声も露《あら》わに「もうすぐ着きます」と答える。

『着いたら、最上階の料亭に来てくれ』

「言っておきますが、断りますよ」

『なんでもいいから、とにかく来い。ああ、もう、父さんとおまえのあいだに挟まれる俺の身にもなってくれよ』

泣き言をぼやく兄には同情せず、東海林は素っ気ない声で「義理立ては一回限りですから」と念を押す。こんな茶番につきあわされる女性が気の毒だ。

ホテルに到着し、エレベータで最上階へと上がる。

一応サングラスだけは外し、胸ポケットに突っ込んだ。

坪庭《つぼにわ》風のエントランスと料亭の看板が見えたとき、和服姿の女性が目に入った。凛《りん》とした藍色《あいいろ》は夏大島《なつおおしま》だろうか。決して派手ではないが、抑えた色気を引き立てる着物で、趣味の良さが窺《うかが》える。高く結《ゆ》った髪から襟足のラインは、おそらく異性愛の男が見れば奮《ふる》い立つような艶《なまめ》かしさなのだろうが、東海林には縁がない。

まだ後ろ姿しか見えない彼女は店内に入ろうとせず、同伴している中年女性に「伯母様《おばさま》、ひどいじゃありませんか」とクレームを申し立てている。

「これじゃ騙し討ちです。私はお茶会と聞いたから……」

「まあまあ、お父さんの親心もわかっておあげなさいな」

「こんな真似する親心なんか、わかりたくもありません。いいわ、こうなったら相手の顔にビールでも引っかけて帰ってやる」

なかなか勇ましい女性だ。ビールを引っかけられるのは東海林らしい。

「でなきゃヤケ酒でもいいわ。高いお酒をバンバン注文しますから、私」

憤《いきどお》りつつ、ちらりと見えた横顔に東海林は目を凝《こ》らした。

似ている。

いつもと雰囲気が違うので、はっきりはしないが……似ている。声もそっくりだし、なによりそのセリフが、ある女性を思い出させる。

「もう、なにを言い出すの茜さん」

伯母と呼ばれていた女性のセリフで東海林は確信した。その場に立ったまま「茜さん？」と声をかけてみる。和装の千葉《ちば》茜はくるりと上体を捻《ひね》って東海林を見据《みす》え、しばし怪訝《けげん》そうな顔をしていた。あんたみたいな得体の知れない男なんか知らない、と言いたげな顔だ。

「――あっ！」

だが数秒後には理解したようだ。

まともに東海林を指さし「なにその格好は！」と声を上げる。

「やだっ、ヒゲ似合わない！　むさい！　小汚い！　オッサンくさい！」

「……そんなリズミカルに連発しなくても」

「しかもこんなとこでなにしてるの！」

「いや、それが……お見合いというやつでして」

茜が細めに描いた眉をグググと寄せた。自分の見合い相手が東海林だとわかったのだ。そしてひとこと「バッカらしい」と吐き捨て、同伴の伯母を真っ青にさせる。まったくもって東海林も同じ気持ちだった。

「バカらしいけど安心もしたわ。少なくとも、この見合いは成立しないってわかったし」

「そうですね」

「あなた、知ってて来たの？」

「いや。俺もはめられたようなものです」

そう、と茜は頷き、おろおろしている伯母を尻目に「まあ、じゃ、ごはんでも食べましょ」と、これっぽっちもお見合いらしくない地声を出した。

結局、お見合いはただの食事会となりはてた。

東海林と茜の父には「どうやらふたりは親しくしているらしいし、この際だからくっつけてしまおう」という思惑《おもわく》があったらしいが、茜は東海林がゲイだと知っているわけで、見合いが成り立つはずもない。

それどころか、まるで教師が生徒を叱るような口調で「ちょうどいいわ。あなたには聞きたいことが山とあるのよ」と怖い顔をする。この見合いはもうだめだと悟《さと》った媒酌人《ばいしゃくにん》が「あ、あとは若いふたりに任せて……」という定番セリフを早々に口にし、みな肩を落として帰っていった。

「見事な堕落っぷりね」

「なにがです」

料亭で思い切り食事したあと、茜は「食べすぎて帯が苦しいから散歩する」と言い出した。

このホテルに付随《ふずい》する日本庭園は都内有数の面積とその美しさを誇るが、真夏の午後はあまり散策に適した時間帯ではない。白い日傘《ひがさ》をさした茜は、自分が言い出したくせに「暑いったらありゃしない」と文句を垂れつつ、乾いた砂利道《じゃりみち》を歩いた。東海林は半歩程度下がって、思いの外きれいに歩く後ろ姿についていく。

「東海林さん、妻と子に逃げられたろくでなしみたいになってる」

「俺には妻も子もいませんが」

「子供みたいに手のかかるマンガ家の恋人は？」

「そいつには確かに逃げられました」

「だいたいのところは佐伯さんから聞いてるわ」

くるりと日傘が回り、茜は歩みを止める。

小さな太鼓橋《たいこばし》のたもとは、欅《けやき》の巨木が影を作っていた。日向《ひなた》があまりにも明るいぶん、日陰はやたらと暗い気がして、東海林はかけていたサングラスを外す。

「取り返しに、行かないの？」

池に浮かぶ水鳥を眺めながら茜は聞いた。

「なぜです？　あいつは拉致《らち》監禁されてるわけじゃないんですよ。自分から進んで甘利のところに行ったんだ」

「ルコちゃんに理由を聞いたわけ？」

「さあね。べつに、御世話係は俺じゃなくてもいいってことでしょう」

「もっときちんと話し合ったほうがいいと思うけど」

は、と東海林は乾いた嗤いを零す。

「今さら、なにを？」

日傘が軽く傾き、茜の真顔が東海林を窺うように見た。その目を見返し、東海林は「俺はね、ちゃんと迎えに行ったんですよ」と続ける。

「そしたらあいつは帰らないって言う。ここにいる。——甘利と寝た、帰らないってね。もう充分じゃないですか。それ以上、なにを話し合えって言うんです？」

「突然そんなふうになるなんて、おかしいじゃない」

「突然でもなかったんでしょうよ。あいつは小火を出す前あたりから、なんだか様子がおかしかったし。俺が入院しているときに、兄貴にもちょっと言われたらしくて……いろいろ面倒になったのかもしれません」

「お兄さんに？」

東海林は茜に話した。自分は二木のマネージャーを引き受けており、きちんと報酬《ほうしゅう》も受けているのだと、兄に嘘をついていた一件だ。

「それがルコちゃんにバレたわけね。ショックだったろうな……」

ええ、とその点には同意した。

「俺だって好きでそんな嘘をついていたわけじゃない。そうでも言わなけりゃ、二木に入れ込みすぎだ、親友にしても程度ってもんがあるだとか……うるさく言われますから。その点、甘利さんなら嘘をつく必要もなく、自分の裁量で二木の面倒を見られる。俺よりずっと金持ちだし、豪勢なマンションで、ブランドものの服を着て、幸せに暮らしているんでしょうよ」

「……本気？」

茜が日傘を傾け、上目遣いで東海林を見る。

「豪勢なマンションとか服とか、そんなものがルコちゃんの幸福に関与すると、本気で思ってるわけ？　あなたって、そんなバカでトンチキだったの？」

ひどい言われようだったが、東海林は口を噤《つぐ》むしかなかった。確かに、二木は住まいや服にかまけるタイプではない。ベルサイユ宮殿よりも、慣れた汚い六畳一間のアパートを選ぶだろう。ブランドもののピシリと糊《のり》の効いたシャツより、何十回と洗濯してくたくたになったTシャツのほうが好きなはずだ。

東海林は知っている。二木が本当に好きなものはなんなのか、甘利より東海林のほうがずっとわかっている。それは自信がある。

けれど――二木は甘利を選んだのだ。それは動かしようのない現実なのだ。

「ねえ。ルコちゃんに、言ったの？」

「なにを」

「別れたくない。おまえと離れたくない。甘利なんかにおまえを渡さないって、言ったの？」

「なんでそんなこと」

「言わなくちゃ、あなたの気持ちは伝わらないじゃない」

「言っても無駄ですよ」

「あたしは言ったのかって聞いてるのよ！」

突然怒鳴られてしまった。驚いたのは東海林ばかりではなく、池にたゆたっていた水鳥までがパシャパシャと慌てて水縁の茂《しげ》みに隠れていく。

柳眉《りゅうび》を逆立てた茜の目線からは逃れられない。

真っ直《す》ぐで嘘のないところは彼女の美点だが、ときに東海林を追い詰めもする。

「……言っても無駄なら、言いません」

「嘘つき。言えません、でしょ」

「違います。言わないんです」

「俺より甘利がいい理由を教えろって、問い詰めなかったの？」

「しませんよ、そんな」

「俺を捨てるな、おまえがいないとだめだって、縋りつかなかったの？」

「するわけがない」

二木に縋る自分を想像して、東海林は鼻で嗤った。まったくもって絵にならない。二木に縋りつかれることなら慣れている。かつて二木は『おまえがいなきゃ息もできない』などと大袈裟なことを言って、東海林に最後の一線を越えさせた。それは二木だからできたことであって、東海林にはあり得ないのだ。

「だいたい、俺は二木がいなくなったって……」

「大丈夫とは言わせないわよ。出来損ないのチンピラみたいな風体《ふうてい》して」

きっぱり言われ、思わず東海林は言葉を止めてしまった。茜はそのタイミングを見逃さず、たたみかける勢いで厳しい言葉を浴びせる。

「そんなだらしない東海林さん見たの初めて。わかってる？　髭や服のことだけじゃないのよ？　顔つきも、立ち方も、ぜんぜんダメ。腹に力が入ってなくて、腑抜けてる。おおかた、家でも酒ばっか飲んで、自分の不幸に酔ってるんでしょうね」

酒に関しては当たっていたので、ぐうの音も出なかった。東海林は煙草が吸いたくてたまらなかったが、庭園内は禁煙だ。

「以前、あなたがルコちゃんから離れようとしたとき、ルコちゃんはそれでも仕事をしてたわ。頑張って一人前になれば、いつかあなたが帰ってきてくれると思ったからって……あとからこっそり教えてくれた」

再び歩き始めながら、茜は言った。

痛いほどの日差しに、東海林は目を細める。ふと、こんな日に海に行けたら気持ちいいのにと思う。買った水着を、二木はどうしただろうか。

「なのに東海林さんときたら、そのていたらく。まったく情けないったらありゃしない」

「失恋した男に、ずいぶんきつく当たりますね」

「そんなぬるい失恋、認めない」

「ぬるいって」

「たかが一回迎えに行っただけで、すごすご帰って酒かっくらって荒れてるなんて、そんなバカに同情できない」

茜はあくまで冷たかった。砂利道に日傘の影がくっきり映り、黒い花のようにも見える。

「じゃあどうしろって言うんです」

「取り縋って泣くのよ」

「……はい？」

「みっともなく縋って、懇願《こんがん》して、罵倒されて、蹴《け》り出されて、野良《のら》犬みたいに追い払われて、塩まで撒《ま》かれて……そこまでしてもルコちゃんがあなたを選ばないって言うなら、あたしもヤケ酒くらいはつきあってあげる」

「とんだ愁嘆場《しゅうたんば》だ」

そうよ、と茜が答えた。竹の連なる小径で、老夫婦とすれ違う。品のいい夫人が「お暑うございますね」と笑み、茜も「ええ」と微笑み返す。

老夫婦がある程度離れると、足を止めて後ろを歩く東海林を振り返る。

「怖いんでしょ？」

尋ねられて「なにが」と聞けなかった。自分でも気がついていたからだ。

「どうして俺を捨てるんだって、聞くのが怖いんでしょ？　考え直してくれって縋って、突っぱねられるのが怖いんでしょ？　……わからなくはないわ。拒絶されると、人は臆病《おくびょう》になるから。でもね、東海林さん」

茜の声が少し小さくなる。竹林に吹く風が、汗ばんだ首筋を癒《いや》してくれた。

「それは悔いが残るわ。小さいけれど、治りにくい傷みたいに疼《うず》くの。骨のヒビは、骨折より治りにくいって言うじゃない？　いっそポッキリいったほうがいいときもあるのよ。でないと、立ち直るのに……すごく時間がかかる」

それは経験談なんですか——そう聞こうとして、やめた。

次第に俯いて目を潤ませる茜を見れば、聞くまでもないことだと思ったからだ。彼女がかつてどんな体験をしたのかは、いつか酒を飲みながら話してくれるかもしれない。東海林にとって茜は優秀な仕事相手であり、いまや大切な友人でもある。

「……ええ、怖いんですよ」

ほろりと、心のどこかにあった固い結び目が解ける。

「俺は二木に、みっともない自分を見せるのが怖い。おまえなんかいなくても平気だというふりをしていれば、いつか帰ってくるかもしれないと期待しているところもある」

バカでしょう、と自嘲した。茜は東海林を見たまま、なにも言わない。

「現実から逃げてるんです。……二木が、俺のいない生活に耐えられるはずがないと思い込もうとしているのかもしれない」

今さらに、痛感する。

自分は二木の世話をしているのだと思っていた。二木には自分が必要なのだと思っていた。二木が好きだからなんでもしてやろうと、思っていた。

けれどそれは違うのだ。

東海林は二木のために、二木の世話をしていたのではない。自分のために、二木の面倒を見ていたのだ。二木もそれを望んではいたが、東海林はもっと望んでいた。

二木が自分を欲することを望んでいた。

言葉にすれば自分の矮小《わいしょう》さはまざまざと実感される。東海林はもう一度嗤おうとしたが、顔がうまく動いてくれなかった。泣き笑いのような表情になってしまったかもしれない。

「格好悪いですね」

ぼそりと言うと、茜は「ええ」と頷いた。そして、

「格好いい失恋なんて、ないもの」

さわさわと囁く竹に紛《まぎ》れて、なにかを思い出すようにそう呟いた。

8

気配を感じる。

いつからだろう。はっきり思い出せないけれど、ここ数日だと思う。すぐ近くで静かに佇《たたず》んでいるのを感じる。

「……鳩《はと》ちゃん？」

呼んでも返事はない。けれど、にっこり笑ってくれているような気がする。二木を見守るように、そこにいる。

電話が鳴った。

甘利が二木のために引いてくれた専用ラインだ。携帯電話はまだ解約していないが、ほとんど使っていなかった。もともと、東海林にばかりかけていた電話だった。解約手続きならしておいてあげるよと甘利は言ってくれたが、二木は首を横に振った。もしかしたら、仕事の電話もあるかもしれないからと言い添えた。

嘘だ。東海林と自分を繋ぐものをゼロにする勇気がないだけだ。かかってくるはずもない電話を、いつまでも未練がましく持っている。

ナンバーディスプレイは佐伯のいる編集部を示している。

はい、と電話を取ると、開口一番で『どうしたの、ルコちゃん』と聞かれた。

「え……どうしたのって……原稿、届いてない？」

『いや、届いたよ。届いたから聞いているんじゃないか。約束の日より三日も早い』

「うん……描き上がったから……べつに手抜きはしてないよ？」

『それは見ればわかるけど』

佐伯の声に不安な色が交じっていた。期日よりも早く原稿を届けたのに、なぜもっと喜んでくれないのだろう。

『ルコちゃん、大丈夫か……？』

「え。なにが」

『だって、今まで載るか落ちるかぎりぎりの仕事ぶりだった人が、急にこんな優等生になるなんて……どっか具合でも悪いのか？』

ふだんの行いが悪いと、たまに納期どおりに仕事を上げてもかえって心配されるらしい。二木は「はは」と力ない笑いを零した。

「具合悪かったら、原稿上がんないよ」

『それはそうだけど……』

「俺は大丈夫だよ、佐伯さん」

そう大丈夫だ。

ちょっと眠れないだけだ。

眠れないから、仕事をし続けていただけだ。さすがに連続で十時間以上座っていると身体がしんどくなって、少し横になる。三十分くらい眠る場合もある。けれど、すぐに目が覚めてしまう。だいたい怖い夢を見る。詳細は思い出せないけれど、とても怖い夢だ。

また起きて、仕事をする。

仕事は進む。自分でも驚くほどに進む。

甘利に「ちゃんと休んでるかい？」と聞かれる。昼間に眠っているよ、と嘘を吐く。本当のことを話したら、病院に連れていかれるだろう。あるいはいよいよ「マンガはやめなさい」と言われるかもしれない。

「原稿、どうだった？」

『うん。いいよ。すごくきれいに仕上がってる』

「よかった」

『ルコちゃん、このあいだ甘利さんが言ってた件だけど……マンガ、やめないよな？』

佐伯の声がくぐもった。二木はすんなりと「やめないよ」と答える。

『ほんとに？』

「うん。やめない」

よかった、と佐伯が安堵の色を滲《にじ》ませた。改めて、原稿はとてもいい出来だと誉めてくれ、今回は短編描き下ろしだったけれど、次の長編に向けてまた打ち合わせをしようと言う。

「そうだね。次も、あるもんね」

『まずはゆっくり休んでよ。あ、そうそう、うまいオムライスを食わせる店を見つけたんだ。今度一緒に行こう』

「ん。行く」

オムライスは大好きだ。今は少しも食べたいと思わないのが不思議だけれど、しばらくすれば元通りになるだろう。二木にとって世界一美味《おい》しいオムライスはもう永遠に食べられないけれど……世界で二番目を見つければいい。

電話を終えて、少し横になった。

身体は疲れている。それは間違いない。とても怠いし、トイレに行くとふらつく。もう何日まともに寝ていないのか、二木自身にもわからない。人間は食べないと死ぬわけだけれど、眠らないとどうなるのだろう。

「……日光を、浴びてないから体内時計がおかしくなったのかな……」

以前東海林がそんなふうに話していた。だから、少しでもいいから外へ出ろと。コンビニに行くだけでもいいから、散歩をしろと。

最後に東海林に会ってから、もう十日くらいになるだろうか。無精髭の東海林など見たことがなかったから、少し驚いた。でも、どんな見てくれをしていても東海林は格好いい。いつものきちんとした東海林ではなかったけれど、少し崩れた感じが格好よくて、その夜二木は東海林の絵を描いた。ちらりと横顔の見える後ろ姿だ。とてもうまく描けて、嬉しくて、でもそれは東海林の絵でしかなくて本物の東海林ではなくて――泣きながら、破り捨てた。

「……なあ東海林、なんで眠れないのかなあ……？」

後悔はしていない——はずだ。

二木は東海林のために、東海林から離れることを決意した。東海林のために、一番いい選択をした。殴られたけれど、平気だった。殴ってもらえて嬉しかった。あんなふうにカッとするくらいには、俺のこと好きでいてくれたんだ……そう思えて嬉しかった。

「散歩……散歩に、行こう……おひさま……」

ぶつぶつと呟きながら、二木は仕事部屋を出る。

シェードの上がっているリビングに来て初めて、もう夜なのだと悟った。大きな窓には、高層マンションのCMに出てきそうな夜景が広がっている。時計を見ると午後の九時前だった。時間の感覚がおかしくなっているらしい。昨日から甘利は二泊三日の出張に出ていて、朝と夜を告げる相手がいなかったのもあるだろう。

——ちゃんと食べて、ちゃんと眠るんだよ？

何度も念を押して、甘利は出かけていった。デリバリーばかりだと身体に悪いからといって、料理のうまい家政婦さんにお総菜をいくつか作らせ、冷蔵庫と冷凍庫をぎっしりにして、温める方法をわざわざマニュアルにして二木に渡していった。懇切丁寧とはこのことだろう。だが甘利はひとつ忘れていた。二木はマニュアルを読むことすら面倒なのだということを。

まったく食べなかったわけではない。冷蔵庫に入っていた肉じゃがは食べた。ひんやりとしたジャガイモと硬い肉に閉口して、適当にレンジに入れてみたら、温めすぎてカピカピになった。

どうもうまくいかない。ちょうどいい程度というのが、二木にはよくわからない。みんなが普通にやっていることが、自分にはいつも難しい。

お日さまはないが、出かけることにした。

どうせここにいても眠れないし、もう仕事もすんでしまってやることがない。

部屋着にしているルーズパンツとTシャツ一枚で二木はマンションから出た。甘利がいないので、きちんとした格好をしなくてすむ。常駐の警備員が「いってらっしゃい」と声をかけてくれる。二木は背中を丸めたままペコリと頭を下げて、大理石のエントランスをあとにした。

夜だというのに、外は蒸していた。冷房をかけっぱなしの室内から久しぶりに出たので、皮膚が気温差に戸惑っている。

「……どこ行こっか」

独り言ではなかった。やっぱり、鳩子の気配がするのだ。車のライトが行き交う大通りの歩道を、見えない従姉とそぞろ歩く。

「……だめだよ……もうあのアパートには帰れないんだ……俺、もう少しでアパート燃やすところだったしさあ」

すれ違った会社帰りらしきOLが、訝しむように二木を見た。ひとりでぶつぶつと歩く、気持ち悪い男に見えたのだろう。

「気にしないよ」

虚空に向かって微笑みかけ、二木は言った。

「誰にどう見られようと、気にしない……昔からそうだもん。もう、いいよ。……東海林以外の人なんか、もうどうでもいいんだ……」

鳩子がなにか言った。二木にしか聞こえないかすかな声だった。

「うん……そうだね、つらいね……どんなふうにつらいのか、うまく説明できないけど……なんか、骨の中がスカスカになった感じ。髄《ずい》っていうんだっけ？　骨の芯《しん》のとこに詰まってた大切なものが全部なくなっちゃって、でも骨の外側はまだあるから、一応動けるんだけど……今、俺の骨が一本折れてこの道を転がったら、たぶんカロンカロンって、軽くていい音がすると思うんだよね……おっ、と……」

ただ歩いているだけなのに、なぜかよろけた。

そんな自分が可笑しくて、二木はへらへらと笑う。酒を飲んだわけでもないのに、酔ったように気分がふわふわしている。地上から数センチくらい浮いて歩いているようだ。

「あ。あのバス」

街道沿いを路線バスが走っている。行き先は子供の頃に二木が住んでいた町だった。バスに乗ってしまえば三十分くらいで着くはずだ。なんだか懐かしくなって、二木はバス停に立った。たまたまタイミングがよかったのか、十分も待たずに次のバスが来る。

久しぶりに、路線バスに乗った。二木のほかにはお年寄りがひとりと、学生らしき男がひとり乗っているだけだ。一番後ろの座席につき、独特の振動に身体を浸《ひた》す。

心地よい揺れに唐突な睡魔がやってきて、短いあいだ二木は眠った。

怖い夢は見なかったけれど、悲しい夢を見た。二木は幼い男の子に戻っていて、バスの後ろに座っている。両側には大人の東海林と、中学生の鳩子がいた。微笑むふたりに挟まれて、とても幸福で……だから目覚めたときには胸が痛んだ。自分のそばには誰もいなくて、さっきまで感じていた鳩子の気配すらなく——わかっている。幻想だ。二木の孤独感が造り上げた鳩子の幻影だ。

バスは揺れる。二木を揺らす。

身体の中で、なにか音がしないか？　軽くなりすぎた骨がカタカタ言っていないか？

もうすぐ崩れそうだ。もう崩れそうだ。いつ崩れてもおかしくない。

この世でひとりだけになった気がする。

そんなことはない、甘利だっている。佐伯だって、茜だって、母と義父《ちち》も、律や立花もいる。立花からは『このあいだはごめんね』というメールが入った。ちゃんと二木のことを気にしてくれている。なにより二木の作品を待ってくれる読者だっているじゃないか。そうだ、ひとりじゃない。

でも東海林がいない。

東海林がいないのだ。

懐かしい町名のバス停で降りる。住宅街なので、さして人通りは多くない。ふらふらと彷徨い歩きながら、二木はずいぶん涼しくなってきたなと思った。涼しいというより寒いくらいだ。背すじがぞくぞくして、肌が粟立《あわだ》っている。上着を持ってくればよかったと思いながら、あてどもなく歩いた。

母と暮らした古いアパートはもう取り壊され、虚《うつ》ろな駐車場になっていた。

当時の東海林が住んでいた家は、大通りの逆側だ。古くて大きな家で、確か今でも東海林の親《しん》戚《せき》が暮らしているはずである。

「……行くとこなんか、ないね」

鳩子の幻に、二木は話しかける。

「帰ろうか、鳩ちゃん。なんかすごく寒いし……でも、どこに帰ればいいのかなあ……」

ふらふらした足取りで歩くうちに、見覚えのある大きな建物が見えてきた。闇の中で白っぽい灰色が浮かんでいる。

中学校の校舎だ。

二木と東海林、そして鳩子も通っていた中学だ。

校門と通用門は鍵がかかっていた。

けれど二木は学校の裏庭にもうひとつ小さな出入り口があるのを知っていた。そこも鍵はかかるのだが、周囲の壁が低く、木を伝って乗り越えられるのだ。もちろん今のご時世、誰かに見つかれば通報されてしまうかもしれない。

それでも二木は学校に侵入した。

どこでもいい。少し休憩したかった。寒気は一向に収まらず、これは自分の身体がおかしいのだとさすがに自覚する。インフルエンザにかかって高熱が出たとき、こんな寒さに襲われたのを覚えていた。

「……すごく……久しぶりに……眠れそうな気がするよ、鳩ちゃん……」

横になりたい。

人目を気にせずに、休める場所が欲しい。

二木は一番近い校舎の中に入ろうとした。けれどやはり鍵がかかっている。校舎の外の非常階段を見つけて、そこから上を目指した。校舎内に入る扉はすべて施錠してあったが、屋上へと繋がる扉だけは古い錠が錆《さ》びて壊れていた。

茫洋《ぼうよう》とした月明かりが、コンクリートの屋上を青白く照らしている。

屋上にだけ入れたのはただの偶然か……あるいは鳩子の采配《さいはい》なのだろうか。鳩子はこの屋上から飛び降りて死んだ。二木と東海林はまだ十三歳、鳩子はふたつ上で……十五歳だった。

彼女が死を選んだ直接の原因はいまだにわかっていない。

幸せな少女ではなかった。借金のため、両親は鳩子を置いて夜逃げした。これは最近になってから母親に電話で聞いたのだが、保護されたときの鳩子は今の二木よりガリガリに痩せて、ひどい状態だったらしい。二木の家に来る前に、しばらく入院していたほどだという。なにかあったときには、伯母さんのところへ行きなさい――鳩子の母親は行方を暗ます間際、そう言っていた。

伯母とはつまり、二木の母だ。ほかに頼れる親戚はいなかった。あの頃、あたしがもっと優しくしてあげられればと、母は涙声を出した。だけど、実際のところはわからない。誰がなにをすれば、鳩子を救えたのだろう？

優しかった鳩子。姉のようだった鳩子。

自分の悲しみを誰に語ることもなく、逝ってしまった少女。

屋上の金網につかまった二木は、再び背後に従姉を感じた。

「……大丈夫だよ、鳩ちゃん。俺は飛び降りたりしない……」

ずるずるとその場に座り込む。コンクリートがやけに冷たい。二木の身体が発熱しているからそう感じるのだろうか。

「死なないよ……だって、俺……マンガ描くんだもん……ねえ、あのとき鳩ちゃんも聞いてた？東海林、言ったよな？　マンガはやめるなって。苦しくてもやめるなって言った……俺、なんか、すげえ嬉しくて……」

甘利はやめていいよと言った。

東海林は絶対にやめるなと言った。

それだけでもう、充分にわかった。誰が本当に二木を理解しているのか。誰が二木にとって必要な人間なのか、痛いほどわかった。

「俺……そんなメジャー作家じゃないし、読んでくれてる人のこととか、やっぱあんまりわかんなくて……ありがたいと思うけど、わかんなくて……」

ざり、と指先でコンクリートをなぞる。ざりざり、と見えない絵を描く。おさげの少女の横顔。笑っているのに、悲しそうな顔。

「でも、マンガ描かないと、たぶん俺はダメになると思う……今よりもっとダメになったら、なんかもうそれは、生きててもしょうがないような気がして……」

コンクリートに赤がつく。いつのまにか、指先が擦れて切れていたのだ。二木は絵を描くのをやめて「しょうじ」と呟いた。

東海林、寒い。

東海林、熱々のミルクティーが飲みたい。

きらきらバターが溶けていく、あのホットケーキが食べたい。

会いたい。声が、聞きたい。抱き締めて、抱き締め返されたい。

東海林、東海林、東海林――。

自分の身体を抱くようにして二木は泣いた。涙はあとからあとから溢れて止まらない。後悔してないなんて嘘だ。後悔しちゃいけないと思って、我慢しているだけだ。はたして自分は東海林がいなくて生きていけるのだろうか。自信なんか、これっぽっちもない。なんであんなこと言ってしまったんだろう。なんで甘利のところなんかに来てしまったのだろう。

「しょう、じ……しょ……」

震えが止まらない。

寒くて寒くて、なのに額だけが燃えるように熱くて――意識がときどきフッと遠くに行きかける。このままではまずいと、二木の中の原始的な本能が警告を発した。立ち上がろうとしたが、無理だった。身体のどこにも力が入らないのだ。

誰かに連絡を……けれど甘利は出張中だ。

佐伯。佐伯ならまだ会社にいるかもしれない。

二木は携帯電話をポケットから出した。マンガかよ、と思うほどに手が震えていて、うまくボタンが押せない。小さな液晶画面も、文字がぼやけてよく見えない。

「……う、そだろ……」

まさか、こんなところで俺は死ぬのか？

このまま昏倒《こんとう》したら、本当に死んでしまう可能性はある。かなり鈍い二木だが、今自分の状態が真剣に危険だということは確信していた。もっと早く気がついていたら、郷愁《きょうしゅう》に引きずられるよりも先に、病院へ行ったのに――こんなふうだから東海林にとろいと叱られる。

呼吸が苦しい。

いつから自分はこんなにぜいぜい言っていたのか。

押すボタンを間違えて、メールのフォーマットが開く。違うだろ、なにやってるんだ。どうしてこんなに震えるんだ。

「さ、佐伯さ……」

携帯が手から落ちる。二木は這《は》い蹲《つくば》るようにして、それを拾った。

こんなところで死ぬわけにはいかない。あとから発見されたら、亡き従姉の後追い自殺みたいに言われる。そんなの鳩ちゃんに申し訳ない。だめだ、電話を。誰かに電話を――ああ、どうしてこんなに目眩がするんだろう？

死にたくなんかない。マンガを描くんだ。新しい連載。鳩ちゃんのような女の子を……いや、鳩ちゃんのような悲しい子が、もういなくなるような物語を。

東海林が前に言った。鳩子は生きている、おまえのマンガの中で。そう言ってくれた。

「……しょ……じ……」

指に力が入らない。

身体が眠りたがっている。もう限界だよと言っている。少し休んだほうがいいのかな。少し休めばよくなるのかな。ずっと睡眠不足だったし、もう目を閉じてもいいのかな……。

——だめよ。

耳元で、ふいに声が聞こえた。

夢や幻聴にしては、とても明瞭《めいりょう》な、鈴の音みたいな声。

——りょうちゃん。ほら。

温かい手が、二木の手に触れる。携帯を握らせて、押すべきボタンを教えてくれる。ここと、ここと、ここ。ほうら、かかった。トゥルルルという呼び出し音が、こんなにありがたく聞こえたことはない。もしかしたら、これはもう夢なのだろうか。二木は眠ったか意識を失ったかして、夢の中で呼び出し音を聞いているのだろうか。

夢なら、誰が出てもいい。

一番出て欲しい人が都合よく出ても構わないじゃないか。そう思った。

プッ、と通話が繋がる。

『……二木？』

ああ、やっぱり夢だ。

二木はコンクリートの上に倒れ、携帯を耳に当てたまま微笑んだ。夢なのだから、なにを言ってもいいのだ。心のままに訴えていいのだ。

東海林、来て。

すぐに来て。俺を助けて。

全速力で、走ってきて——。

「つまり——人間、限界に来ると本音が出るというわけだ」

冗談みたいに大きな花束を抱えたまま、甘利は言った。浮世離れしたハンサムなので、ピンクの花束が妙に似合っている。二木のために持ってきてくれたようだが、このまま甘利が持っていたほうがいいほどだ。

「……先輩……」

「高熱で朦朧《もうろう》としていたきみは、僕ではなく東海林さんに電話をした。僕が出張中だったからとか、そういう理由ではないね？　きみの本音が……いや、本能が東海林さんを選んだんだ。僕としてはいささかどころではないショックだけどね」

「先輩、あの……」

「結局僕はヒギンズ教授になれないんだ。きみをイライザにしようというのがそもそも間違いだったんだろうね。花売り娘とマンガ家じゃえらい違いだ」

「先輩、意味がわかんないです……それと、ここ、花瓶がなくて」

ベッドの上から二木が言うと、甘利は病室の床を採掘したいのかというほどの溜息をついて「花瓶はあとから届けるよ」と言った。

「クリスタルの上等なやつにするから、ちゃんと持って帰ってくれよ？　捨てるに捨てられない、バカラかなんかにしよう。東海林さんに磨かせてやる」

「安物でも、捨てたりしませんよ」

甘利の後ろから、そう答える声が聞こえた。

東海林が来たのだ。もう髭はすっきりと剃ってあり、アイロンのかかったシャツを着て、きれいな色のデニムをはいている。二木は急いでベッドから降りようとして「こら、点滴中だろ」と東海林に諭《さと》される。一方で甘利は嬉しくなさそうな顔をしていた。

ギプスをしていないほうの手に大きな紙袋を提《さ》げ、東海林は病室に入ってきた。

「つまりあなたは『マイ・フェア・レディ』ごっこがしたかったんですか？　だとしたら無駄ですよ。こいつに『スペインの雨はおもに平野に降る』は言えない」

「わりと細かいとこ覚えてますね、きみ」

「古い映画は好きなんです」

「なにそれ。俺言えるよ？　スペインの雨はおもにへいにゃに……あれ？」

セリフを噛んでしまった二木を見て、甘利が眉を下げてフッと笑う。どこかさみしそうな笑みを浮かべ、花束を東海林にバサリと押しつけた。

「まあ……最初から結末はなんとなくわかってたんだ。二木くんは思っていることが全部顔に出る。僕のところにいるあいだ、ずっと死人みたいな顔つきだったのに、今は……ほら」

甘利に指さされ、二木は戸惑う。東海林もこっちを見ているが、どんな顔をしているのか自分ではわからない。

「なんというの、この顔。迷子になったあと、無事におうちに帰ってきた子犬というか、子猫というか。やっぱりご主人様はきみってことなんでしょうね」

「俺はご主人様じゃありません。どっちかっていうと保父さんですよ」

「ふふ。ちょっと歪んだ自覚だ。素直に世話焼きで甘やかしの恋人って言えばいいのに。失恋した僕に気を遣ってくれてるんですか？」

花束を置き、紙袋からタッパーを取り出しながら、東海林は「実は、少し」と答えた。タッパーの中には東海林お手製の総菜が入っている。二木は点滴に繋がれたまま、クンクンと鼻を鳴らした。この匂いは、卵焼きだ。二木の大好きな、明太子《めんたいこ》を巻いたやつだろうか。タマゴが甘くて、明太子が辛《から》くて、ぷちぷちしちゃって、とても美味しいのだ。

「同情されるのって、惨《みじ》めだなあ。格好悪い」

「格好いい失恋なんかないって、このあいだ友人に言われました」

「そりゃまた至言だ。……ほら、きみの子猫がタッパーを開けようとしてますよ」

せっかくこっそりと味見をしようと思っていたのに、甘利に告げ口されてしまった。東海林に軽く睨まれて、二木はしょんぼりとフタを戻す。

「あはは。本当に二木くんは可愛いな。……さて、僕はもう行きます。二木くん、元気でね。東海林さん、また仕事の絡みでお会いすると思いますが、どうかよろしく」

「こちらこそよろしくお願いします。二木がお世話になりました」

東海林は背すじを伸ばし、きれいなお辞儀をした。二木も慌ててぴょこんと頭を下げる。

甘利はじっと二木を見ていた。

「……きみみたいに真っ直ぐな人が、僕の恋人になってくれればいいと思ったんだけど……」

口元は微笑んでいるが、目は笑っていない。きれいな瞳に孤独が滲む。甘利が比較的近年に、続けて父と母を亡くした話はつい昨日知ったばかりだった。

「ま、世の中はままならないものだね。それじゃお幸せにと、口先だけで言っておくよ」

ひらひらと手を振って、甘利は背を向けた。

二木の心がチクンと痛んだのは、甘利の優しさが本物だったことをわかっているからだ。その優しさに応えられないまま、東海林から離れるために甘利を利用した。それでも「ごめんなさい」とは言えない。その言葉は甘利に対して失礼な気がしたからだった。

「先輩」

呼び止めると、病室を出かけた甘利が肩から上だけ振り返る。

「あの……いやじゃなかったら……俺のマンガ、読んで」

二木は言葉がうまくない。言いたいことがうまく伝えられたためしがない。だからマンガを描く。甘利に対する感謝の気持ちも、いつか作品の中に、ごく静かに滲み出るはずだった。

甘利はなにも言わなかった。

ただにっこりと頷いて立ち去っていった。病室の引き戸が静かに滑る。音もなく完全に閉まったとき、二木は少し泣きそうになって困ってしまった。東海林は気がついていたようだけれど、見ないふりをしてくれた。

中学校の屋上で倒れたとき、二木の熱は四十度に達していた。

夢うつつで東海林に電話をかけ、場所だけは告げていたらしい。といっても「あの屋上」と言うのが精一杯だった。電話の相手が東海林でなければ、二木はなかなか見つけてもらえなかっただろう。東海林はすぐに119番をして状況を説明し、自分も現場に駆けつけてくれた。二木の身体にはナントカというウィルスが蔓延《まんえん》して相当参っていたが、入院して五日経った今はかなり回復している。

「友人で同居者です」と名乗り出た東海林は、担当の医師から「こんな状態になるまで、なぜ気がつかなかったのか」と叱られたらしい。東海林のせいじゃないのに、二木は申し訳ない気持ちで一杯だった。

昨日は母親も新幹線で駆けつけてくれ、久しぶりに顔を見た。

母親とはどうも縁が薄いような気がしていた二木だが、息子の顔を見てボロボロと涙を零す人を見たら、なんだかこっちまで泣けてきてちょっと驚いた。母は看護師と東海林に何度も頭を下げ、また帰っていった。再婚して、新しい家庭があるのだ。

「あの……東海林、明後日《あさって》退院していいって、先生が」

ベッド脇のパイプ椅子で、東海林はマンゴーを剝《む》いている。片手なのに器用なものだ。

「本当か？」

「うん。……これ、食べていい？」

「待て。おまえ触るとかぶれるだろ。ほら、口」

「アー」

大きく口を開ける。

食べるぶんには平気なのだが、果肉に触るとときどき痒《かゆ》くなってしまうのだ。特に身体が弱っているときはそうなりやすいらしく、東海林は自分の手でマンゴーを摘《つま》み、二木の口に入れてくれた。ツルリとした黄色い果実は、甘酸っぱい、南の島の味と香りだ。

「ん……んふ……んまーい」

「零すなよ。……で、どうするんだ？」

「どうって？　退院するよ？　あっ、入院費はお母さんが置いてってくれた。俺、いいって言ったのになあ」

「そうじゃなくて——退院したあとだ。アパートに戻るのか？」

ふたつめのマンゴーを飲み込んで、二木は「へ？」と東海林を見た。

戻っちゃだめなの？　と聞こうとして思い出す。

二木は自分からアパートを出ていったのだ。自分でもう帰らないと言って、東海林を怒らせたのだ。入院した二木を甲斐甲斐しく面倒見てくれる東海林に甘え、当然のように戻る気でいたが……よくよく考えてみれば、いやさほど考えなくてもあまりに図々しい自分に気がつく。

「あの……あの、俺……」

「台所はきれいになってる」

いったん青ざめたものの、そう言ってくれた東海林に少し安堵する。

「あの……戻って、いい……？」

こわごわ聞いてみると、東海林はマンゴーの皮をビニール袋に片づけながら「ああ」と軽く頷く。だが二木が肩の力を抜いたとき、とんでもないセリフが続いた。

「じゃあ、俺の荷物を出さなくちゃな」

「……え」

「大物はあとから手配するから、しばらく置いといてくれ」

「あ、あの……東海林？」

「俺はもういらないんだろう？」

そう言われて、心臓が止まりそうだった。

「……しょ……」

「あのとき初めて、おまえを殴った。殴った自分にびっくりして、俺はちょっとしたパニックに陥ったぞ」

カタンと果物ナイフを置き、東海林が二木を見る。二木はなにも言えない、なにを言ったらいいのかわからず、気持ちは焦るばかりで脇の下は汗ばみ、今は二木のほうがパニックだった。

「あれは本当か？」

おそらくは青ざめているだろう二木を見て、東海林は少し声を優しくした。

「俺がいらないというのは本気か？　それともなにか理由があったのか？」

「ほ……ほ、本気じゃ、ない……」

答える声が震える。しっかりしろ、と自分を叱咤《しった》した。今ここできちんと説明しなければ、東海林のもとに戻れないかもしれないのだ。

「俺、俺には……東海林が必要だし、好きだし、ほんとは離れたくなんかなくて……けど、東海林には……俺は必要じゃなくて、いらなくて……」

「なに？」

「っていうか、俺がいると東海林がダメになっちゃうんだ」

「ダメに？　俺が？」

うん、と二木は頷いた。東海林の顔がまともに見られない。

「俺……料理も、掃除も、なんもできない。おまけに火事出すし、おまえに怪我させるし」

「あれは事故だ」

「俺が事故を呼ぶんだよ……俺みたいなのと一緒にいるから……それに、おまえの画廊の仕事の邪魔もしてる。おまえ、家族に嘘ついてまで俺の世話して……」

「それで、俺と別れようとしたのか」

「……だって……東海林がダメになるのはいやだったんだ」

「俺と離れるほうがマシだったっていうのか」

うん、と二木はシーツばかり見ながら頷く。

「おまえがダメになるのが一番いやだ。東海林のことが一番大事だ。俺と東海林のことは、二番目だ。どっちかしか取れないなら、一番大事なものを選ぶよ……」

一生懸命に考えて、ひねり出した言葉だった。

これでうまく伝わったかどうかはわからないが、ほかにどう言えばいいのかはわからない。東海林はなにも答えなかった。下を向き続けている二木が不安になるほどに返答はなかった。

恐る恐る顔を上げてみる。

東海林は二木を見ていた。笑ってもいないし、怒ってもいない。とても静かな目をして、優しくこっちを見ていた。

「俺も、おまえのことが一番大切だ」

薄く口を開けたままの二木に、東海林が告げる。

「俺も、おまえがダメになるのが一番いやだ。だからおまえのそばで、おまえをフォローしてきた。おまえのためじゃない。俺がそうしたかったからだ。いいか二木、よく聞け」

「う、うん」

「おまえはもう、俺の一部だ」

「……一部……？」

「おまえが悲しいと、俺も悲しい。おまえが嬉しいと、俺も嬉しい。おまえと俺はここで繋がっていて、互いの一部を共有している」

ここで、のときに東海林は二木の胸にそっと手のひらを当てる。

「わかるか？」

「ち……ちょっと、むつかしい……」

正直に答えると、東海林はやっと笑ってくれた。

「じゃ、ポイントだけ言うぞ。おまえは俺から離れちゃいけない」

「東海林から……離れちゃいけない……」

「なぜなら、おまえがいないと俺はダメになるからだ。……おまえと離れていたときの俺を覚えてるだろ？」

「髭で……かっこよかった」

東海林はまた笑い「おまえだけだ、本気でそう言ってくれるのは」と言った。

「小汚い、東海林さんらしくないって、茜さんに叱られた。実際、酒ばかり飲んで、部屋は散らかして、仕事にも行かず……おまえのせいで、そうなったんだぞ」

「お、俺のせい？」

「そうだ。おまえがいなかったからだ」

ツン、と額を突かれて、二木は「あゥ」と声を立てる。

驚いた。すごく意外だった。

東海林がダメになっていたなんて。二木がいないせいで、ダメになっていたなんて。

「おまえが電話をくれなかったら、こっちから行こうかと思ってたところだった。もう一度、考え直してくれってな。おまえのいない人生は想像もつかない。俺はダメになっちまうって、泣いて縋る予定だった」

「し、東海林が？」

「おかしいか？」

「わ。わかんない……ちょっと見てみたかったかも……」

「そりゃ残念だったな。もうしなくていいんだろ？　おまえは俺を捨てないんだろう？」

改めて聞かれ「うん」と深く首を縦に振る。

捨てるはずがない。そんな真似ができるはずがない。おまえは俺の一部だという東海林の言葉が、少しわかった気がする。

東海林も、二木の一部なのだ。だからもう、切り取れないのだ。

ずっとずっと——一緒にいていいのだ。

9

なんだかんだで約一ヶ月ぶりでアパートに戻った二木は、ま新しいダイニングキッチンを見て「おお」と声を上げた。知らない場所へ来た子猫が部屋のあちこちをクンクンと嗅《か》いで安全を調べるように、うろうろ歩き回る。白い壁をぺたぺたと触り、ガラストップのガス台を見て「ピカピカだな」と笑う。最新式の換気扇の下に立ち「すげえすげえ」と騒ぐ。なにがどうすごいと思ったのかはわからない。

もちろん、部屋はきれいに片づけてあった。東海林が荒れていた頃の様子はもう気配もない。

「二木。手洗ったらこっちに来い」

「え。あ。うん……」

二木の顔がぱっと赤くなったのは、「こっちに来い」の「こっち」が寝室だからだ。いくら個室とはいえ、入院中に不埒《ふらち》な真似はしていない。キスだけは何度かしたが、それもやめるのが難しくなりそうだったので、控えめにしておいたものの……一度、二木がキスだけで達してしまったことがあり、東海林は汚れた下着を持って帰る羽目《はめ》になった。

当然、東海林だって二木を抱きたいと思っていた。

だが正直なところ、どうしても甘利の顔がちらつく。

我ながら人間が小さいなとは思うのだが甘利が二木を抱いていたという事実が東海林をへこませ、不機嫌にさせる。嫉妬とは実に厄介な感情だ。抑圧していれば、胸の奥でくすぶり続けることだろう。

「東海林……？」

ベッドに座ったまま考え込んでいた東海林に、二木がそろそろと近寄ってくる。

「あの……隣座っていい？」

「ああ」

硬めのスプリングが、二木の体重ぶん軋《きし》む。なにを遠慮してるのか、二木は東海林とのあいだに少し距離を作っていた。しばらく東海林の言葉を待っていたようだが、やがて痺《しび》れを切らしたのか「……抱きついていい？」と聞いてきた。

「……だめ」

「え」

「その前に、いくつか聞いておきたいことがある」

「え、え」

「正直に答えろよ？」

コクコクと二木は頷いた。べつにわざわざ言っておかなくても、二木が嘘をつけばすぐにわかるのだが。

「おまえ、甘利さんと寝たんだよな？」

二木相手に回りくどい質問をしても埒《らち》があかない。東海林が直球を投げたところ、球を顔で受けたかのように、二木がびくりと固まった。

「う……うん……」

こちらを見ないで、二木は答えた。やはりそうかと、東海林は内心で落胆する。あるいはただのハッタリなのではと期待していたが、甘かったようだ。

裏切ったなどと、詰《なじ》るつもりはない。貞操などというくだらない言葉も好きじゃない。

東海林だって、二木とこうなる以前の話ではあるが、ほかの男と関係を持ったことはある。

「し……東海林……ごめんなさ……」

気持ちが動いたわけじゃない。二木は東海林のためによかれと思って、ほかの男のもとへ行ったのだ。頭ではわかっている。

けれど、心が、どうにも納得してくれないのだ。

「……この、バカ！」

「あっ」

右手一本で、二木を押し倒した。

ベッドが揺れる。上から押さえ込むようにして動きを封じ、嚙みつくように口づける。この唇も甘利が味わったのかと思うと、腸《はらわた》が煮えくりかえる。怒気のままに舌を嚙むと、二木の喉奥が哀れに鳴った。それでやっと我に返り、東海林は顎の力を緩める。

血の味はせず、二木の舌は傷ついてはいなかった。

「二度と、するな」

片肘《かたひじ》だけで上体を支え、二木を見下ろして言う。

「今度ほかの男に触らせたら、俺はそいつを殺しかねないぞ。俺を刑務所に入れたくなきゃ、二度とするなよ」

「し、しない……もうしない……東海林がいい……東海林でなきゃだめだよ、俺……」

二木が首にしがみついてくる。その言葉に嘘はないだろう。自分でもてあます怒りがいくらか和《やわ》らいで、東海林は大きく息をついた。

「ほんとに……ダメなんだ俺……あ、甘利さんもきっとつまんなかったと思う……俺、ぜんぜんダメだったし……」

「ダメって、なにが」

「その……だから……ぜんぜん反応できなくて……」

「反応？」

東海林は身体を起こし、ベッドにあぐらをかいた。骨折した腕を庇いながら、背中から二木を抱き、「どういう意味だ」と尋ねる。

「勃《た》たないんだよ、ぜんぜん……」

東海林にもたれかかり、二木は告白した。

「すごく怖くて、勃起《ぼっき》するどころじゃなくて……それでも、置いてもらっているんだからって、必死に頑張ったんだけど……寒気で全身に鳥肌が立っちゃうし」

「……でも、したんだろ？」

「したっていうか……先輩、いろいろしたよ？　その、たぶん、なんとか俺が楽しめるようにすごくいろいろしてくれて……でもやっぱりダメなんだよ。先輩にフェラされても、なんも感じないっていうか、むしろいやで、早くやめて欲しくて、でも先輩はなんか意地になってて、一晩中あれやこれやされて、なんかオモチャみたいなの使われたり」

「オモチャっておまえ……」

驚いた東海林に二木は「なんかこんくらいのさあ」と、指を使って説明を始めた。

「ピンク色ので、ブルブル震えるやつ」

「……」

「それをさ、乳首に押し当てたり、ケツに入れられたり……すごい気持ち悪かった。なんであれで気持ちよくなる人がいるんだろ、ふしぎだよ、俺」

「……」

「とにかくダメで、俺、自分がEDっていうのになったのかと思った。けど、東海林だと……す、すぐ反応するし……こないだも病院であんなだったし……」

後ろから見る二木の耳が真っ赤だ。そこに唇を寄せながら、右手を股間に回してみると、二木が「あ」と声を上げる。サラリとした生地のルーズパンツの布地は、すでにすっかり持ち上がっていた。

「……それで？」

「え？　あ……東海林……握っちゃ……」

「おまえはいやいやだったとしても、することはしたんだろ？」

ウエストはゴムなので、手を入れるのは容易だった。下着の上から形をなぞると、二木が息を乱して喉を晒す。触れ合うのは久しぶりだ。たちまち完全に勃起してしまうのは仕方ないだろう
——二木だけの話ではなく。

「こんなふうに、触らせたんだよな？」

「……っ、あ……」

「勃起しないにしても、触らせた……。しかもローターだと？　くそ、腹が立つ」

「あ、あ……っ」

少し強く握り込むと、二木の声が高くなる。痛がっているわけではないとわかった。身体が昂《たか》ぶりすぎて、すぐにでも達《い》ってしまいそうで慌てているのだ。

ルーズパンツと下着を一緒に引きずり下ろす。下半身だけ脱いでいる格好は、そそうをしてしまった子供にも似て、ちょっと間抜けでとても淫靡《いんび》だ。

「足、閉じるな」

「う……し、東海林ぃ……」

「ここも、触らせたんだろ？」

「んんっ」

ペニスから陰嚢《いんのう》を辿《たど》り、もっと奥へと指を進める。

ひくついている小さな孔《あな》……ここにローターを突っ込まれたわけだ。まったく腹立たしい。というか、悔しい。もっと言えば、先を越されたというのが真実だ。東海林だってあれやこれや、してみたいことはいろいろあったのに。

「さんざん弄らせて、オモチャ突っ込まれて——甘利のも……」

「あ、あ……そ、それはしてない……っ」

喘《あえ》ぎながら、二木が主張した。

「……してない？」

「し、してない。先輩、俺が気持ちよくないのにそんなことしたら怪我するからって……焦らないから、いつかできればいいからって……」

してないのかよ、と東海林は心中で驚く。

だからといってなにもなかったわけではないのだから、喜ぶべきでもないだろうが……少し心が軽くなったのは本当だ。二木が甘利の愛撫には反応できなかった部分も、東海林にとっては救いになっている。

「お、俺は……悪いから、していいって言ったんだけど……実際、一度途中までしかけたこともあったんだけど……俺、やっぱり無理してたみたいで、頭からザーッて血が引いて……」

気を失ったのだと二木は言う。極端な脳貧血かなにかだったのだろうか。話を聞いていくうちに、東海林は甘利が気の毒にも思えてきた。悦《よ》すぎて失神させる、などというのは男のドリームなわけだが、嫌悪感が高じて失神では……トラウマになりそうだ。

「おまえ、そんなにいやだったのか」

「……だって……東海林じゃないんだもんよ……」

ぽそりと零れた言葉は、東海林の心臓と下半身を直撃した。この男は天然ボケのくせに、稀《まれ》にすごい殺し文句を吐く。

東海林の中から嫉妬の毒気が抜けていく。

そのぶん二木への想いは高まり、片腕で抱き締めて、首筋に口づけた。二木は自《みずか》ら身体の方向を変えて、東海林と向き合いキスをねだる。

長く、優しく、深い口づけを交わす。

すっかり蕩《とろ》けた瞳で二木は東海林を見つめ、もう一度「ごめん」と謝った。

「もういい。本当はよくないけど、いいことにする……二木、脱がしてくれ」

片腕でもなんとかなるのに、あえて頼む。二木は嬉しそうに東海林の服を脱がしていった。不器用な手つきでひとつずつ、シャツのボタンを外していく。

「袖はいい。ギプスが引っかかって抜けにくいから」

「うん。じゃ、下……うわっ……」

ジーンズを下ろした途端、充実した東海林のものに圧倒されて二木が声を上げる。す、すごいねと言いながら、ジーンズと下着が外される。

「おまえも上を脱げよ」

「ん、脱ぐ。でも……あの、ちょっと待って……」

ちらちらと東海林の股間を見ていた二木だが、いきなりそこに顔を伏せた。

動物のように、クンクンと匂いを嗅がれる。天井を向いているものに頬を寄せて「これ、舐めちゃだめ?」と聞かれた。ここでダメなどと返す男がいるわけがない。いいぞ、と頭を撫でながら答えると、二木は嬉しげに舌を這わせ始めた。

「……ん……おっき……」

「比べるなよ」

「……先輩のこと言ってんの? 俺、先輩のはあんま見てな……んん……」

「見えないってことないだろ」

「寝室、暗かったし……」

「触ればわかるじゃないか」

「……ん……一回くらい、握ったような……?」

いったいどういうセックスをしていたんだと、ますます甘利が気の毒になった。今度会ったら酒の一杯でも奢《おご》ってやりたいくらいだ。

「んくっ……」

奥深くまで飲み込もうとし、二木が噎《む》せそうになる。

「おい、無理するな」

「やだ。する。したい……東海林のこれ……もう触れないかと思ってた……もっと飲み込む……喉まで入れたい……んん……」

「……う……」

巧《たく》みな舌遣いがあるわけではない。それでも二木の口淫は東海林をたまらない快楽へと導く。

大きく口を開け、深くまで飲み込もうとする顔は、淫靡なのにどこか無垢《むく》だ。ときどき東海林はひどく乱暴な衝動に駆られる。二木のイノセントな部分を汚してみたくてたまらなくなる。

「……そんなに俺のが、欲しかったのか？」

「ん、ん……東海林の、欲しかった……これ、食べたかった……んぐ……」

だが、どれだけ猥褻《わいせつ》なセリフを言わせてみたところで、二木の中のイノセンスは失われない。本当に、不思議な男だ。

「はあ、はあ……や、やばい……俺、フェラしてるだけなのに、もういきそ……」

顔を上げた二木が、自分の股間を押さえながら言う。

「一度いくか？」

「い、いきたいけど……あの……」

息を荒らげて東海林の肩に縋り、二木は囁いた。

東海林のを入れたい、東海林のペニスを感じながらいきたい――これには、下手をすると東海林のほうが暴発してしまいそうだった。

「だ、だめかな……東海林怪我してるし、それは無理……？」

「これで無理だったら俺は地獄だろうが……おまえが上になればいい」

「あ、そっか」

「引き出しからゼリー取れ」

「ん」

二木は最後の一枚だったTシャツを脱ぐと、ベッドサイドの引き出しから、いつも使っている潤滑剤を取り出す。ハイ、と渡されたが東海林は受け取らなかった。

「東海林？」

「俺に渡してどうするんだ。この腕だぞ」

「あ」

二木がポカンと口を開けた。その顔があまりに可愛くて、思わず笑い出しそうになるのを必死に堪え、東海林は生真面目を装って続ける。

「自分で塗るんだよ。ほら、俺の上に跨《また》がって」

まくらをふたつ重ねて、東海林が横たわる。二木は戸惑いながらも東海林の太腿《ふともも》のあたりに跨り、不安げにこちらを見る。

「いつも俺がしてやってるように、たっぷり塗り込むんだ」

「う、うん……」

キャップを取った二木が、指の上に半透明のゼリーを出す。中途半端な膝立《ひざだ》ちの姿勢で、おずおずと指を自分の尻に持っていった。

ぴく、と身体が震えたのはゼリーが冷たかったからだろうか。

「ちゃんと塗れてるか？」

「た、たぶん……」

「たぶんてなんだよ。見てやるから、あっち向け」

「えっ。や、やだっ」

珍しいことに、二木がいやだと発した。

さすがに自分で自分の尻にぐちゃぐちゃとゼリーをまぶしている姿は見られたくないらしい。けれど「いやだ」と言われると燃えるのが、助平な男の性《さが》である。

「なにがいやなんだ。ちゃんとしないと、おまえも怪我するし、俺だって痛いんだぞ」

もっともらしいセリフで東海林は説得する。

「けど」

「けどじゃない。ほら」

半ば強引に、二木に後ろを向かせた。真っ白い尻が視界に入り、東海林のそこにますます血がたぎる。

「その姿勢じゃ、よく見えない」

「あっ……」

軽く背中を押し、四つん這いにさせる。あわあわと逃げようとした二木を「俺としたくないのか？」という卑怯《ひきょう》なセリフで留めた。

「ほら、見ててやるから早く塗れ」

「う……ううう……」

「唸《うな》ってないで、ほら」

ぺちんと尻たぶを叩く。それだけで二木はビクッと震えた。脚のあいだから見えるふたつの膨《ふく》らみはクッと上にあがり、屹立《きつりつ》はもう腹に着きそうな勢いだ。

二木が肘をつき、右手でゼリーを塗り始めた。

見られているのが恥ずかしいらしく、手がふるふると震えている。

「もっと、たっぷり」

「……わ、わかってるよっ……」

「ああ、そうだ。その調子。……よく見えるぞ？」

「し、し、東海林のスケベ……っ」

「怪我人になにを言う。二木、中にも塗らないと」

「ああっ！」

二木の指を取り、第二関節までズッと差し入れた。そのまま浅く出し入れさせると、クチュクチュと湿った音が響く。

「や……東海林、やだ……あっ……」

「まだ一本だろ」

「あ、あっ……や……」

「三本は入らないと、俺のが入れられない。ほら、頑張れよ二木」

東海林が手を引くと、二木の指が一度外れた。

だがすぐに、今度は二本にして侵入させようとしている。健気《けなげ》でいやらしい姿は東海林の劣情をそそる。本当は今すぐ覆い被さって繋がりたいほどだったが、そこはグッと堪えた。

「う、う……二本、入った……」

「ああ、見えてる。あと一本だ」

「……ふ……あ、も……だめだ、よぅ……」

「だめじゃない。だいぶ柔らかくなってきてるぞ——手伝ってやる」

「えっ……あ、あ、あ……しょ……ああッ！」

二木がせつない悲鳴を上げ、背骨の隆起《りゅうき》がうねる。

三本目は東海林の指だった。二木の手に自分の手を添えるようにして、長い中指を潜り込ませる。内部の粘膜が蠢《うごめ》き、東海林の指を締めつける。この中に包まれる蕩けるほどの快感を思い出し、東海林もぶるりと震えた。

「う、あ……あ、もう、や……しょうじ、もう……っ」

二木の全身が上気している。頭を打ち振って悶《もだ》え、腰を揺らめかせる。

東海林がそっと指を抜くと、同時に二木の指もずるりと脱落した。はあ、と二木が大きく息をつき、シーツに額をつける。

「二木」

呼びかけると、恨めしそうな顔でこっちを見た。すっかり潤んだ目で「い、いじわる。バカ」と東海林を罵る。なんと耳に心地よい罵声《ばせい》なのか。

「——悪かったよ。おいで」

「……ん」

改めて、向かい合う。慈《いつく》しむように口づけを繰り返しながら、東海林は二木をいわゆる対面座位の形に導いた。

「入れられるか？」

「じ、自分で？」

二木が困惑声を出す。そういえば今まで、上に乗せたことはほとんどなかった。

「俺が欲しいんだろ？」

「う、うん……」

「俺もだ。……大丈夫だから、ゆっくり降りてこい」

二木が泣きそうな顔を見せ、少しずつ腰を落とす。

片手を東海林の屹立に添えて狙《ねら》いをつけ、じわじわと狭い箇所に食い込ませていった。ベッドに横たわる形と違って、力が抜きにくいらしく、うまく入っていかない。

「あ……んっ……く……」

「だめだ、二木。無理をするな」

「だって……なんで入らな……」

「ゆっくり息をしろ。呼吸を止めないで、少しずつだ」

「わ、わかった……ふっ……」

二木が深呼吸を繰り返す。東海林は右手で、角度の微調整をしてやる。

「あ……ん……入りそ……あ、あ、入る……ふ、あ、あぁぁ……」

「……くっ……」

東海林のほうまで声を上げてしまった。

半分までが二木の中に収められる。いつもよりもなおきつく、ヒクヒクと収縮している。

「も、もう少し……もう少しで——」

「——二木」

「ヒッ、あああ！」

耐えきれなかったのは東海林のほうだった。

たまらずに、下から突き上げる。東海林の首に腕を回したまま、二木は仰《の》け反《ぞ》って嬌声《きょうせい》を上げた。痛みを感じたような声音ではないのに安心し、そのまま揺すり上げてみる。

「んっ、んあっ、しょ……東海林……！」

「……きついか？」

荒い息の中で聞くと、すぐに首を横に振る。東海林の頬にもチクチクと二木の髪が当たった。

顔を少し下げて乳首を舌で弾くと、なんともいい声で啼《な》いてくれる。

「あっ……東海林……っ」

「コリコリになってる」

小さな種のようなそこを吸いながら、腰を揺らす。

最初は遠慮がちだった二木の動きも、次第に大胆になってきた。自分で腰を上下させ、身をくねらせながら、久しぶりの東海林を貪る。

「……二木……」

「ああ、あ——だ、だめ、俺、も……」

自分の屹立に手を伸ばそうとした二木の手を「だめだ」と遮る。

「な、なんで……っ」

「今日は触らないでいけ」

「うそ、なにそれ、そんなの無理……あうっ！」

ずんっ、と深くまで突き上げる。腕の骨折はともかく、転倒のときの腰痛が治っていてよかったと、心から思う。

「甘利なんかに触らせた罰《ばつ》だ」

二木の片手を背中に回させて、摑んでおく。それでも一方は空いているので、本当にいやだったらそちらを使えるはずだった。

「ひど……しょ……」

けれど二木は、涙目になりながらも自由な手を東海林の首に回す。そして観念したかのように、再び自分から腰を動かしてきた。

「そう……上手だぞ」

「う、う……あっ……」

「どこがいい？　……ここ、か？」

角度を少しずつ変えて、二木の一番弱い箇所を探す。目元を染め、蕩けた表情の二木がある一点で「ああ！」と如実《にょじつ》に反応した。

「そ、そこ、やっ……東海林、そこだめ……！」

「だめって言われてもな……おまえ、腰振ってるし」

「ひ、ひうっ……んあ、あ……やだ、へん……そこへんになるから……っ」

東海林は二木の手を離し、細い腰を強く掴んだ。二木は両手で東海林の肩に縋り「だめ」と繰り返す。もちろん、逆の意味なのは明白だ。

「う、あ、ああっ……んっ、んあうっ……」

舌足らずな声が東海林、と呼んだ。呼吸が止まり、身体の筋肉が一気に緊張する。

二木が弾ける。

顎をぐっと引き、長い睫毛《まつげ》をふるふると震わせて、声もなく達する。

薄く開いたままの唇から唾液が溢れたが、それを気に留める余裕もなく、二木は長い絶頂に翻《ほん》弄《ろう》されていた。触れてもいない屹立は、何度かに分けて粘液を噴き上げる。触られないまま、後ろだけで得る快楽は目も眩むほどなのだと聞いているが、それは本当らしい。

二木は今まで見た中で一番いやらしく、可愛らしく、きれいな顔で感じまくっていた。

東海林を締めつける圧もものすごく、こっちまで持っていかれそうになる。

「う……」

思わず呻《うめ》いて堪えなければならない。

「しょう、じ……」

掠れ声で二木が呼ぶ。

深く繋がったまま、東海林をじっと見つめている。

首が少しだけ傾げられて、ぽろりと涙が一滴零れた。その涙があまりに美しく、せつなくて――

東海林を限界に持っていってしまう。

ぶるりと震えて達する。脊柱《せきちゅう》が白く灼《や》けるような快楽の瞬間だ。

二木にも東海林の解放が伝わったのだろう。「ふあ、ん」と幼い声を立てた。

幼いのにやたらと色っぽいから始末が悪い。しかも本人はそれをまったく自覚しておらず、またうるうるした目で「あ、いった？　東海林もいった？」などと聞いてくる。

「……ああ」

「そっか。よかったあ……俺もすっごい気持ちよかった……」

「それは……なによりだ」

はふん、と息を吐き、まだ繋がったままで二木が身じろぐ。

「もう、死んじゃうかと思った。えへへ、今俺ん中、ぐちゃぐちゃですっごい熱い……あっ……なに……あっ、ん……うそ、なに大きくしてるんだよう」

「うっ……おまえが、へんなこと言うからだろうが」

「あう、や、東海林……そんなにしたら、俺、また……」

二木が尻をもじもじさせるものだから、その刺激がますます東海林を育てることになる。ひとりは骨折。ひとりは病み上がり。

いくら久しぶりに抱き合うとはいえ、その両者で続けて二回戦はまずくないか。理性はそう訴えるのだが、情動は聞く耳を持たない。

「ふ、あ、しょ……東海林、やだ、俺また……あっ……」

それからしばらく、東海林は二木の喘ぎ声を堪能し続けることになった。


すぎてしまうと夏はあっというまだった。

あれほど事件があったというのに、それをろくに反芻《はんすう》する間もないまま時は流れる。秋になり、冬が来て、あとひと月もすれば春になる。

そのあいだにも、いくつかの事件というか、揉《も》め事はあった。

今年の正月、家族が集まった場で東海林は自分のセクシャリティを打ち明けた。父は血圧を急上昇させて寝込み、母はその場で泣き崩れ、兄だけが「やっぱりな」という顔をした。父はその後回復したが、いまだに口をきいてくれない。

母親のほうがいくぶん柔軟だったらしく、白髪は増えたものの、なんとか理解しようという姿勢は窺える。ありがたいのは兄と兄嫁で、なにがあっても味方だと言い切ってくれた。

「しょうじー、持ってくものリスト、書けたよー」

「もう？　やたらと早いな……」

部屋着の上にどてらを着た二木が、ひょこひょこと仕事部屋から出てきた。

二木に似合いそうな気がして、冗談半分で通販買いしてみたどてらなのだが、本当によく似合って驚いた。えんじ色の格子《こうし》柄をした、昔ながらのどてらである。これを着たまま二木はコンビニでもスーパーでも行く。暖かくて手放せないらしい。

東海林はキッチンでシチューを煮込みながら「どれ」と二木の差し出した紙片を見る。

春、東海林と二木は海外に渡る。

そう多くの荷物は持っていけないから、どうしても必要なものだけをリストアップしろと言ったのだ。独特の字で綴《つづ》られた文字は、メーカー指定の紙とペン先とインク、何種類かのトーン、ライトボックス、何冊かの本、鳩子の写真、あとは最後にしょうじ、と書いてあった。なぜか二木はいくつになっても、東海林の名前を漢字で書かない。

「これだけでいいのか？」

「ん」

二木はあっさりと頷き、真剣な顔で「最後のが、一番大事なんだ」と言い添えた。こんなとき、食ってしまいたいほど可愛いと思うのは東海林が色ボケしているからだろうか。

「おまえ用に小さいPCを買わなくちゃな」

「なんで。俺あんまパソコンしないから、いんないよ」

「海外からならPCでメールのやりとりをしたほうがいい。もちろんファックスも置くけど、通信料がバカにならない」

「あー。そっか。遠いもんな、フランス」

「二木。イタリアだ。何度言えばわかる」

そっか、ともう一度二木は言った。そして眉間に皺を寄せて「似てるからすぐ間違えるんだよ。けど俺、英語ぜんぜんよ。ちょっと不安だよな」と言う。東海林はもう、どこから突っ込んでいいのかわからない。

イタリア行きは、キュレーターを目指すことを決心した東海林の都合である。

当初はアメリカでキュレトリアルを一から学び直そうと思っていたのだが、鏑木《かぶらぎ》に相談してみたところ「時間がもったいない」と著名なイタリア人キュレーターを紹介してくれたのだ。

――あなた知識はもうあるんだから、さっさと現場に行きなさい。三十すぎたらロレンツォ・ボナルディ・アート・プライズは取れないわよ。

鏑木はそう言うと、勢いづけるように東海林の背中をパンッと叩いた。

長たらしい名前のプライズは、簡単に言うと若手のキュレーターに与えられる国際的な賞である。どうしてもそれを取りたいわけではないが、いずれにせよありがたい話だった。

二木にイタリアに行かないかともちかけたのは、つい先週だ。

二木は少しも驚かなかった。

東海林が剝くミカンをあむあむと食べながら、あまりにすんなり「行く」と答えるので、むしろ不安になったほどだ。「旅行じゃないんだぞ？　向こうに住むって話だぞ？」と確認すると、「わかってるよ」と少しむくれた。

「なあなあ東海林、イタリアってもしかしたらピザがうまいとこ？」

「そうだ」

「うひっ。いいなあ。嬉しいなあ。あっ、そうだ、書き忘れ！」

二木は慌てて東海林からメモをひったくり、いつも東海林が使っているホットケーキミックスの名称をつけ加えた。メモを返しながら「危ない危ない」と真剣に言う。このぶんだと、かなりの箱をスーツケースに詰めることになりそうだ。

「お母さんに、ちゃんと話したか」

「うん。東海林こそ、お父さんと仲直りしたか？」

「仲直りしたいんだが、させてもらえない。まあ、俺が一人前になれば、少しは状況が変わるかもしれないな」

「……東海林が一人前じゃないなら、俺なんか何人前？　０・２人前くらい？」

二木が真面目に悩むので、東海林は笑いながら「マンガ家としてはとっくに一人前だろ」と答えてやった。

「そうかなあ」

「そうだ。向こうに行ったら、仕事は前倒しにしろよ？　俺も忙しくなると思うから、今までみたいにトーンは貼ってやれないかもしれない」

えー、そんなの困るよう……そんなふうに言い出すと思っていたのだが、二木は意外にも「俺、頑張るよ」と返してきた。

「おまえがちゃんと仕事に集中できるように、頑張る。……その、いきなりちゃんとはできないかもしれないけど」

鍋をかき混ぜていた手を止め、東海林は隣に立つ二木の肩を抱いた。二木は嬉しげにぺったりとくっつき、ホワイトシチューの匂いをクンクンと嗅ぐ。

「あれ、東海林、ブルックリンが入ってないぞ」

「ブロッコリーのことを言ってるなら、別に茹《ゆ》でて最後に入れるんだよ。色が悪くなるからな」

「おお。そっかー。チーズも最後だよな」

「そうだ」

最後にとろけるチーズをトッピングするのが、最近の二木のお気に入りなのだ。東海林にくっついたまま、二木は爪先でリズムを取って『チーズシチューはとろとろソング』を歌い始める。この手のオリジナル曲を二木は三十曲くらい持っている。

「……二木、外国で暮らすの不安じゃないか？」

ずっと気になっていた質問を向けると、「へ？　なんで？」ときょとんとした顔で聞かれる。

「なんでって……言葉、通じないし」

「俺、日本語でもたまに通じねえもん。そんな変わんないよ」

「知ってる人もいないし」

「まあね。けど、今でも半分引きこもりみたいな生活じゃん」

言われてみれば確かにそうである。

一応「食べ物もかなり違うぞ」と言ったのだが「ホットケーキとピザがあればなんとかなるよ」と返された。事実、東海林が管理する以前、二木の食生活はひどいものだった。美食大国のイタリアで、あれ以下になることはあり得ない。

「変なこと言うなあ、東海林」

よいしょ、と東海林の首にぶら下がるようにして甘え、二木は言う。

「なんで俺が不安がらなきゃいけないの。おまえのいない日本は不安だけど、おまえがいれば北極だって平気だよ」

「……だな」

北極のなんたるかも知らないくせに、そんなことを言う二木も二木だが、思わずやに下がりそうになった東海林も相当にやばい。恋の病は自覚があっても治らないが、べつに人様に迷惑がかかるものでもないからよしとしよう。

イタリアに向かう日はそう遠くない。

東海林はひとつの目標を抱いていた。いつかキュレーターとして展示会を企画できるチャンスが来たときは、日本のコミックをモチーフにしたいのだ。

すでにMANGAは世界で通じる言葉になりつつあり、各国で愛されている作品も多いが、まだ充分に伝わってはいない。日本のコミックの裾野《すその》の広さと、その芸術性をもっと多くの人に知ってもらいたいのだ。

たとえば立花キャンディの『愛なら売るほど』のように個性的なエンタテインメント。椎名リツや二木のような叙情性《じょじょうせい》に溢れた諸作品。謎めいた作家としても有名な黒田瑞祥の『ゴスロリ吸血少女Ψちゅるちゅる』はアニメ映画がヨーロッパでも大ブレイク、コスプレイヤーの世界大会が開催されるほどである。

「東海林？　なににやにやしてんの？」

「いや」

いつか、二木のマンガも翻訳される日が来るだろう。

マイナーだと評されつつも、じわじわと読者層を広げていると佐伯が話していた。どこかの国の、どこかの誰かが二木のマンガを読んでなにかを想う。感じる。鳩子のような少女が、生きる力を得ることもあるかもしれない。たとえばそれが、世界にたったひとりだったとしてもすごいことだ。本人は気がついていないが、二木がしているのはそんな仕事なのだ。

「おまえは、すごいな」

ぐりぐりと頭を撫でて誉めてやる。

なぜ誉められたのかはわからないまま、二木は「えへへ」と笑って東海林の肩に頭をなすりつけてきた。

近い将来、ふたりは海を渡る。

二木は本場のピザを喜んで頬張るだろう。顔に溶けたチーズを貼りつけ、東海林を笑わせてくれるはずだ。考えると楽しくなってくる。東海林の中にある小さな不安も消えていく。

もしかしたら、自分は二木よりよほど肝《きも》が小さいのかもしれない。東海林は最近、本気でそう思っている。

けれど、二木がいれば平気だ。

具体的には一切役に立たないこの男がいてくれれば、隣で笑ってくれれば、たいていのことは乗り越えられる。揺るぎなく確信できる。

たとえ世界の果てにいようと問題ない。

二木と共にいる限り、東海林の幸福はそこにあるのだ。

あとがき

こんにちは、榎田尤利です。お陰様をもちまして、マンガ家シリーズは本作で完結となりました。これもひとえに、読者のみなさまの応援あってのことです。心から御礼申しあげます。最後を飾りましたルコちゃんと東海林、お楽しみいただけましたでしょうか。今回は東海林さんがいろいろと気の毒な有様となっておりますが、終わりよければすべてよしということで（笑）。

自分から「こんなことがしてみたい」と提案して始めたマンガ家シリーズ、楽しく書きながら、つくづく自分のマンガ好きを再認識いたしました。私を楽しませてくれたマンガたちのように、多くの人を楽しませる作品を、いつかこの手で創りあげたい……それを目標として、これからも頑張っていきたいと思っております。

イラストは引き続き、円陣闇丸先生にお願い致しました。前作『きみがいなけりゃ息もできない』はコミックスにもなっております。長きにわたりありがとうございました。現担当氏、前担当氏にも大変お世話になりました。これからもよろしくご指導ください。

そして親愛なる読者のみなさま、お部屋が散らかってきたら「ああ、このままだとルコちゃんになってしまうっ」と思ってお掃除してみるのはいかがでしょう。もちろんあなたに東海林がいるならば、その必要はありません。ちなみにウチにはいませんが（笑）。

ご愛読、本当にありがとうございました。またお会いできる日まで、どうぞお元気で！

２００８年　梅雨明け頃　榎田尤利　拝

◆初出一覧◆
きみがいるなら世界の果てでも　／書き下ろし
JASRAC出 0808669-801

榎田尤利作『マンガ家シリーズ』完結記念☆

ドラマCD応募者全員サービス!!

対象商品のノベルズ・ドラマCD・小説b-Boyの3点の内いずれか2点を購入された方を対象に、
声優フリートークも収録の録り下ろしドラマCD『きみがいなけりゃ陽ものぼらない』を応募者全員サービスいたします♪

対象商品・・・応募券&応募台紙がついています

BBN『きみがいるなら世界の果てでも』
（※応募券は、カバー折り返しについています）

ドラマCD『きみがいなけりゃ息もできない』 9月24日(水)発売予定

CAST 二木：福山潤　東海林：小西克幸
鼎：遊佐浩二　飛田：鈴木達央 他、豪華声優陣!

★b-boyショッピング特典は、
榎田尤利書き下ろしノベルブックレット!

リブレ出版インターネット通信販売 b-boyショッピング
http://bl-shop.net (PC・携帯共通) ドラマCDは、b-boyショッピング、アニメイトまたは一部取り扱いCDショップ・書店にて、予約・購入ができます。

雑誌『小説b-Boy 11月号』 10月14日(火)発売予定

★榎田尤利書き下ろしショート掲載予定!!

!!注意!!

● お申し込みは、封筒1通につきドラマCD1枚のみです。複数応募する場合は、応募数分の応募券・応募台紙・小為替・封筒・切手をご用意いただき、別途お申し込みください。
●ドラマCDの発送は、2009年3月を予定しております。多数のご応募があった場合は遅れることも考えられますのでご了承ください。
● 記入漏れや応募券不足、小為替の金額が足りない場合は、発送ができません。
● 1,500円以上の金額の小為替が入っていても、差額はお返しできません。
● 小為替の領収書は商品が届くまで大切に保管してください。
● 商品の発送は日本国内に限らせていただきます。
● 転居された場合は、氏名・転居前の住所・転居先の住所・電話番号をハガキでご連絡ください。
〒162-0825 東京都新宿区神楽坂6-67 FNビル2F
リブレ出版（株）「マンガ家シリーズ完結記念」全員サービス係
● 今回お申し込みの際、ご記入いただきました個人情報に関しましては、発送・弊社出版物の品質向上以外の目的では一切使用いたしません。

●応募の決まり●

応募に必要なもの

①応募券2枚（※同じ種類不可。コピー不可）
②応募台紙（※コピー可）
③1,500円分の定額小為替
④80円切手 ⑤封筒

●応募の手順●

STEP1 『応募台紙』に記入し、応募券2枚を貼る

『応募台紙』の「応募カード」&「住所カード」部分へあなたの郵便番号・住所・氏名・電話番号・メールアドレス（お持ちの方のみ）等必要事項を黒のペンでハッキリと記入してください。発送に使用いたしますので、正しくご記入下さい。『応募台紙』へ応募券2枚をはがれないよう、しっかりと貼り付けて下さい。

STEP2 1,500円分の無記名の定額小為替を用意する

ドラマCD1枚につき、1,500円分の定額小為替が必要です（切手、現金などの受け付けはいたしません）。定額小為替は郵便局で購入できます（手数料が最低200円かかります）。定額小為替には何も書かないでください。また、定額小為替は発行日（購入日）から2週間以内のものをご使用してください。

STEP3 封筒・80円切手を用意する

応募するための封筒を用意してください。封筒表面には、以下の応募宛先を、封筒裏面には、あなたの郵便番号・住所・氏名を必ず記入してください。封筒に80円切手を貼り、用意した『応募台紙』、1,500円分の定額小為替を入れてご応募ください。

応募の締切 ※応募期間を過ぎたお申し込みは受け付けられませんのでご了承ください。

2008年12月19日(金)必着!!

応募宛先 〒162-0825 新宿神楽坂郵便局留
リブレ出版（株）「マンガ家シリーズ完結記念」全員サービス係

切り取り

応募カード

住所 □□□-□□□□ 都道府県

ふりがな

氏名 様

電話番号 (　　)

メールアドレス

年齢 歳 | 学年又は職業

ここに応募券を貼ってください

▼ ▼

貼付スペース①

貼付スペース②

※ここは切り取らないで下さい。

※ここは切り取らないで下さい。

住所カード

住所 □□□-□□□□ 都道府県

ふりがな

氏名 様

『マンガ家シリーズ』完結記念☆ ドラマCD応募者全員サービス 応募台紙 （応募台紙はコピー可／応募券はコピー不可）

ビーボーイノベルズをお買い上げ
いただきありがとうございます。
この本を読んでのご意見・ご感想
をお待ちしております。

〒162-0825 東京都新宿区神楽坂6-46
ローベル神楽坂ビル7階
リブレ出版㈱内 編集部

リブレ出版ビーボーイ編集部公式サイト「b-boyWEB」と携帯サイト「b-boyモバイル」でアンケートを受け付けております。各サイトにアクセスし、TOPページの「アンケート」から該当アンケートを選択してください。(以下のパスワードが必要です。)
ご協力をお待ちしております。

b-boyWEB　http://www.b-boy.jp
b-boyモバイル　http://www.bboymobile.net/
(i-mode, EZweb, Yahoo!ケータイ対応)

ノベルズパスワード
2580

BBN
B●BOY NOVELS

きみがいるなら世界の果てでも

2008年9月30日　第1刷発行

著者――榎田尤利

発行者――牧 歳子

発行所――リブレ出版 株式会社
〒162-0825
東京都新宿区神楽坂6-46ローベル神楽坂ビル6F
営業　電話03(3235)7405　FAX03(3235)0342
編集　電話03(3235)0317

印刷・製本――株式会社光邦

Printed in Japan
ISBN 978-4-86263-450-4